ツンボテ

お嬢さま子作り計画

小説　筆祭競介
挿絵　のりたま

登場人物紹介

Characters

紗桜《ささくら》 のどか

二十五歳のおっとりした物腰の女教師。小柄で胸も小さめで、可愛い雰囲気。

多々良《たたら》 悠斗《ゆうと》

優しい性格で、見た目はややショタっぽい少年。煉華とは幼い頃からの付き合い。

轟乃宮《とどろきのみや》 煉華《れんか》

悠斗の幼馴染み。超大金持ちのツンデレお嬢さまで、学園の一年生。年相応の体格をしているが、胸だけは巨乳。

序章　幼すぎる三人家族

まだ小学生にもなっていない幼い子供が二人、街中にある空き地で向かいあっていた。

一人は半ズボン姿の少年。優しい気性が窺える、可愛らしい顔つきをした黒髪の男の子。

そしてもう一人は白のワンピースがとても似合っている赤毛の少女だ。将来、素晴らしい美女に成長することが、今の段階で保証できるほど整った顔立ちをしている。

「どうだった？」

少年の問いかけに、少女が顔を力なく左右に振った。彼女の胸には生まれて間もない、小さな三毛柄の子猫が抱かれている。

「……お、おバアさまがね……拾ってきた猫は飼っちゃダメ、って……」

黒髪の少年は、はあ、と深い溜め息をついた。

彼女の家はとても広い。ペットも何種類か飼っている。

だからこの子猫もなんとか飼えないかと考えたのだが——。

「そ、そっかぁ……。それなら……ダメだよね……」

ちなみに彼女の母親はすでに他界していて、家を仕切っているのは祖母である。父親は外ではとても偉い人のようだが、お婿さんとして少女の家に入ったために、家の最年長者である祖母には頭が上がらないそうだ。

少年には大人の事情はチンプンカンプンだったが、とにかく彼女の家では『おバアさま』の意見が絶対だということは理解していた。

つまりこの捨て猫の行く当てがなくなったということだ。少年の家は市営住宅で、無論ペットを飼うことなどできない。幼い二人の間に沈黙が落ちる、と。

「にゃぁ～ん」

少女の胸で子猫が弱々しい鳴き声を上げた。

もう何日も食事を取っていないのか、いかにも弱りきっているという鳴き声だ。それを聞いた少女の顔まで泣きそうにクシュと歪んだ。

幼い自分たちでも、この子猫をこのままにしていたら死んでしまうことが察せられる。

「こうなったら、二人でこの子を育てよう」

黒髪の少年は、その優しい顔立ちをキリッと引き締め、幼いながらも意を決した男の顔でそう言った。

「……二人って……わたしとユウトくんで？」

「うん」

「……でもどこで？」

「え、えーと……。――そうだ！　僕がこの前見つけたヒミツキチにいこう。そこなら大が入っている。

鍵はかかっていたが、入り口の近くに置いてあるコンクリートブロックの穴の中に、鍵
そうして二人がやってきたのは雑木林の中にある小屋だった。

「わかった。ユウトくんがそう言うならついてく」

丈夫だと思う」


「この前、見つけたんだ。へへっ。ヒミツキチ」

少年は鍵を取り出し、ドアを開けた。

中には雑木林を管理するための、さまざまな道具が雑然と放り込まれている。

「ここなら大丈夫だよね」

少年の言葉に、少女はこくっと頷いた。

途中、駄菓子屋に寄って買ってきた瓶ミルクと、同じく駄菓子屋で買ったお菓子のプラスチックトレイを取り出して、それを皿代わりにして注ぐ。

少女が胸に抱き続けていた子猫をその前に下ろすと、最初は怯えた様子だったが、すぐに顔を近づけて匂いを嗅ぎ始めた。

「そうそう。大丈夫だよ」

「ミルクを飲んで、子猫ちゃん」

言葉の意味がわかるわけでもないだろうが、子猫はクリクリとした大きな瞳で少女と少

年を見上げてから、慎重に顔を伸ばして――ペロペロ、とミルクを飲み始めた。

「やったー！」

少年は満面の笑みで隣の少女の手を取ると、喜びを爆発させるようにブンブンと大きく上下させる。対して少女は「うん」と俯くように頷いて、頬をポッと赤く染めていた。

「よーし。今日から僕たちは三人家族だ！　僕がお父さん役で、レンカちゃんがお母さん役だよ！」

「えっ⁉　あ、あの……それって、ぁ、あの……つまりあたしが……ユウトくんのおヨメさんってことで……あの、その……」

ますます頬を赤くした少女が上目遣いで少年を見つめ、モジモジし始める。

そんな彼女にお構いなく、少年の興味は完全に子猫に向いていた。

「まず、この子の名前を決めよっか」

「うん。それじゃあパパのユウトくんが考えて」

「そうだなぁ。目が大きくってキラキラしてるから、キラララなんてどう？」

「うん。さすがユウトくん、いい名前。ねー、キララちゃん」

ミルクを飲み終えた子猫が、まるで自分を呼ばれたことに気付いたように顔を上げて「にゃぁーお」と鳴いた。お腹が膨れて元気を取り戻したのか、先ほどまでの弱々しい鳴き声とは違う、それでいて甘えるような鳴き声だ。

赤毛の少女は再び子猫を胸に抱くと、愛しげに頬ずりをする。

「キララちゃん。今日から私たちがママとパパだからね」

少女は、うふふっ、ととても嬉しそうに微笑んで子猫を見つめた。その視線はとても優しく、幼いながらも母性愛が窺える。

「ねえ、ユウトくん。この子の兄弟、いっぱい、いぃいぃいっぱいつくってあげようね。だって、一人っ子じゃ寂しいもん」

生まれてすぐに母親を亡くしている一人っ子の彼女には、もう兄弟が増えることはない。

少年はそんな少女に対し、うん、と無邪気に頷き、そして一転して難しい顔をした。

「でも、レンカちゃん。……子供ってどうやって作るの？」

対して少女は子猫に頬ずりをしながら、当たり前のように答えた。

「それはね、愛しあえばいいんだよ。パパとママが好きあってれば赤ちゃんができるっておバアさまが言ってたもの。……ユ、ユウトくんは、わ、私のこと…………好き？」

少女の探るような問いに、今度も少年は無邪気にうんと頷いた。

「ならすぐに赤ちゃんができるよ」

「そっかー。早く赤ちゃんできないかなぁ」

少年と少女はお互いの顔を見つめると、子猫を挟んで無邪気に笑いあう。

それが幼すぎる『夫婦』にとって、唯一『愛しあう』ことだった。

第一章　煉華見参　燃える髪のツンデレ姫

多々良悠斗《たたらゆうと》は県内一の進学校――白鳳《しろとり》学園の新入生になっていた。

小柄でスマートな身体を、新調したてでやや大きめの制服に包み、新しいクラスの席でキョロキョロと周りを眺めている。中学生時代、女の子みたいとからかわれ続けた容姿は、進学したからといっていきなり男らしくなることもなくそのままだ。

――知り合いが誰もいないなぁ……。

全員が自分と同じ新一年生。皆が新しいクラスメイトと間合いを取り、それでいて喋りかけるタイミングを計っているような、新クラス独特のくすぐったい空気が教室内に漂っていた。

そんな中、比較的積極的な生徒たちが「どこチュー出身？」「へー。サッカー部希望なんだ」とお互いのプロフィールを交わしあい始めている。

ちなみに悠斗は田舎の公立学校出身。

だからだろうか。同じ制服を着ているのに皆がやけに垢抜けて見えて、もともと引っ込み思案なこともあり、なかなか新しいクラスメイトに喋りかけられない。どうしても気後れしてしまう。

「やだぁー。ミホったら、大変だったのねー」

「うん。ママが勝手にオーディションに応募して、断るの大変だったんだからぁ」

「私もソレわかるわぁ。芸能事務所のスカウトとかがホントしつこいのよねぇ」

そんな中、クラスの中でズバ抜けて垢抜けた女の子三人が教室の中心で親しそうに会話を交わしている。まるでそこだけスポットライトでも当たっているかのように、とても目立っていた。

漏れ聞こえてくる話によると、どうやら彼女たちは出身学校は別々だが、ティーンズ向けの女の子雑誌で読者モデルをしていたらしい。

周りには自然と人の輪ができていて、男女を問わず皆が彼女たちに喋りかけようとチャンスを窺っていた。

自分だってあんな綺麗な女の子たちと仲よくなって学校生活が送れたら楽しいだろうなぁ、とは思う。しかし、とてもあの輪に入っていくような積極さはない。

悠斗が「はぁ」と溜め息をつき、とりあえず友達の開拓を諦めて俯いた――そんなとき。

シン――。

新しい出会いに活気づいていた教室が、突然静まり返った。

何事かと思い顔を上げ、皆の視線の集まる先――教室の入り口に顔を向ける。

「……あっ」

そこには女子生徒が一人、立っていた。

いかにも気の強そうな鋭利な美貌。燃えるような赤毛に、雪のように白い肌。学生離れした豊かな胸元は、白ジャケットに黒ネクタイという凛々しいデザインの制服を大きく盛り上げている。それでいてやや短めのスカートから伸びる両脚は長く均整がとれていて、むしろそのシルエットはスマートだ。胸だけ極端に発育し、他はスレンダーといってもよい華奢な身体つきをしている。

そんな少女の容姿で最も印象的なのは、僅かに青の入った大きな瞳だ。

身長は平均的なのに、まるで教室内にいる全員を一段高いところから見下ろすかのような、女王さまのような目つきをしている。

若いクラスメイトたちでも一目でわかる彼女のノーブルな佇まいに皆が気圧され、それと同時に魅せられ始めていた。

――煉華《れんか》ちゃん、今年も同じクラスになったんだ。

ただ一人、悠斗だけは彼女の姿を見て逆にホッとリラックスする。

この教室で初めて目にした同じ学校出身者だったからだ。

彼女の名前は轟乃宮《とどろきのみや》煉華。日本有数の名家、轟乃宮家の一人娘である。

その轟乃宮家とは――。

煉華と付き合いの長い悠斗は、以前、彼女から家系の由来も聞いたことがある。

轟乃宮家は遥か昔、この国の製鉄業を担って栄えた一族である、と。それは当時の最先端技術であり、良質な鉄の保有量がそのまま国力に直結した時代に遡る。

轟乃宮家はその優れた業で莫大な富を築き、そして王族に匹敵する権力を得たそうだ。以降、さまざまな時代の変化に合わせて家を発展させ、この国の中枢を担い続けてきたという。入り婿である彼女の父親ですら、現在、日本の政財界で中心的な役割をしている人物なのだから、その威光の凄さが窺える。

ちなみに煉華の燃えるような赤毛は轟乃宮家代々のもので、製鉄の業をこの地にもたらした異国人の血の名残であると言い伝えられているそうだ。無論、代々黒髪の日本人と結ばれて子孫を残してきたのだろうから、よほどその血が濃いのだろう。

学生離れした発育のよすぎるプロポーションや青みがかった瞳の色にも、その辺りの影響が出ているのかもしれない。

女王のような目つきも、ノーブルな佇まいも、そんな轟乃宮家の一人娘だという彼女の生い立ちに直結しているものだった。

——でも煉華ちゃんて……ちっちゃい頃から凄いキャラが変わっちゃったんだよなぁ。

悠斗は煉華と同じ学校の出身というだけではなく、保育園時代からの幼馴染みだ。

彼女は母親を生まれてすぐに亡くしていたため、設備の整った保育園に通っていたのだ。

ちなみに悠斗は、名家でもお金持ちの家の生まれでもなく、いたって普通の家庭の子供。

そんな自分が彼女のような超がいくつもつくお嬢さまと同じ保育園に通えたのは、そこで母親が保母の仕事をしていたからだった。

そして当時、あまりに引っ込み思案で大人しすぎる煉華を心配して、保母をしていた母親が息子の自分に仲よくするようにと指示してきた。

悠斗はそれに素直に従い、何これとなく煉華に喋りかけていた。するといつの間にか自分の後にいつも彼女がついてくるようになっていたのだった。

――あの頃の煉華ちゃんって、思わず守ってあげたくなるような女の子だったよなぁ。

今ではその頃の気弱な雰囲気は微塵も残っていない。

「……ふん」

煉華は軽く横髪を払いながらチラリと黒板に顔を向ける。自分の席を把握したのか己に集中している視線など気にしたふうもなく歩き始める。

静寂の中、颯爽と足を進める赤の女王。

平伏する民の中を、一人だけ立って歩いているような堂々とした進行である。

煉華が姿勢よく席に座り、鞄から取り出した文庫本に視線を落とすと、教室にザワザワっと雑然とした音が戻る。

皆の話題は、新たに現れた赤いクラスメイトに集中していた。

「だれアレ?」「どこチューの人?」「顔ちっちゃー」「あの胸……ほんとに私たちと同じ

歳なの？」「スゲー美人」「芸能人の娘とか？」「てか、ひょっとして芸能人？」

このクラスには、自分以外に煉華と同じ出身校の生徒がいないため、好き勝手な憶測がドッと飛び交う。

すると煉華が教室に入るまで、最も華やかな存在だった例の読者モデル三人組が、彼女に近づいていった。

「初めまして、だよね？」

「それとも、どこかの雑誌で一緒に仕事したかなぁ」

女の子たちが表面上はとても友好的に、しかし表情や口調は煉華を値踏みしているのがありありとわかる態度で接触した。

対して赤髪のお嬢さまは手元の文庫本に視線を落としたままである。

——なんだか、とっても嫌な予感がするぞ……。

悠斗は知らず知らずのうちに立ち上がり、華やかな女の子たちの輪に近づいていった。

「ねえ、ちょっと。あなた聞いてるの？」

「人が話しかけてるのに無視する気？」

「失礼じゃない」

三人組が少し尖った口調でそう指摘したときである。

煉華の青い瞳が手元の文庫本から上に向けられた。それはギンと金属的な効果音が聞こえてきそうなほどの迫力で、三人組は仰け反るように後退《あとずさ》る。

「失礼？　この私が失礼ですって？」

スッと煉華が立ち上がった。

むしろ三人組のほうが長身なのに、腰が引け気味の彼女たちが赤毛の同級生を見上げるような構図となった。

「この無礼者！　名前も名乗らず不躾《ぶしつけ》に私に語りかけるアンタたちのほうこそ、礼を失しているじゃないの！」

煉華の一喝により、三人組がそのスマートな身体を寄せあうようにビクっと固まった。

いやいやいやいやいや。

今の世の中、彼女たちの行動は態度や意図はともかく、それほど無礼でも失礼でもないと思う。むしろ煉華のほうがズレている。

しかしこのノーブルな美貌のお嬢さまが、炎のような赤髪を逆立ててそう断言すると『そんなもんかな』と妙に納得しかけてしまう空気が流れるから恐ろしい。

こういうのをカリスマというのだろう。内容の善悪にかかわらず、発する言葉を人々に無理矢理納得させてしまうオーラが、確かに彼女には備わっていた。

さすがこの国の中枢を担い続けてきた轟乃宮家の一人娘。ただ育ちがいいだけのお嬢さまとは一線を画している。

しかし面と向かって無茶な反撃を食らった本人たちは、さすがに釈然としない様子。

「……えっ？　ええ？」

「……なんで私たち、今怒られたの？」

「なっ、こ、この——」

言われた当初は煉華の迫力に呑み込まれ固まってしまった三人も、暫く経って相手の無茶っぷりに気付いたようだ。

我に返った彼女たちが身を乗り出すようにして、煉華に掴みかかろうとする。

「まーまーまーまー！　お、落ち着こうよみんな。う、うん」

悠斗は慌てて、幼馴染みと三人組の間に入った。

「だれよアンタ！　いきなり出てきて、コイツの味方をする気！」

「ちょっとそこをどきなさいよ！」

と、悠斗が罵声を浴びせられ始めたところでチャイムが鳴る。

三人組はフンとこちら——悠斗と煉華に敵意剥き出しの視線を向けてから、自分たちの席に戻っていった。

——と、とりあえずこの場は収まった……。

たっぷりと遺恨を残した格好ではあるが、何はともあれホッとする。しかし——。

「ちょっと悠斗」

背中から煉華に声をかけられて、ビクっと身体が震えてしまう。

この口調。

長年の付き合いで、今から彼女が自分に対して怒ることがわかったからだ。

しかしその理由はなんだろう。せっかくあの三人組から彼女を庇《かば》ってあげたのに。

少年は恐る恐る慎重に振り返った。

「な、なに……煉華ちゃん？」

「よくも私から、あんな奴らを庇ったわね！」

教室の空気が瞬間的に凝固するピシッという鋭い音を、悠斗は心の耳で確かに聞いた。

誰も口に出しては言わないが、クラスメイト全員が『そりゃねーだろ』と心の内でツッコミを入れたに違いない。

悠斗は胸の内で深く「はぁ」と溜め息をついた。

中学生時代、その類《たぐ》い稀《まれ》な美貌とカリスマ性は誰の目にも明らかなのに、自分以外にほとんど親しい友達ができなかった轟乃宮煉華。

——進学したら少しは大人しくなって……上手くいくかもって期待したのになぁ。

学園祭の美少女コンテストで三年連続グランプリを取りながら、『最もお近づきになりたくない美少女』と言われ続けた幼馴染みは、どうやら新しい学校でも同じような立場で三年間を過ごすことになりそうだ。

※

最初の授業はクラスの親睦を深めるレクリエーションということになった。

学校指定のジャージ姿となり、一年A組の全員が体育館に集まっている。

「はーい。注目してくださぁ～い」

皆の前で声を上げたのはこのクラスの担任教師。

紗桜《ささくら》のどか先生だ。

先ほど聞いた自己紹介では、今年度からこの学校に赴任したばかりの英語教師で、歳は二十五。なんでも長くアメリカで暮らしていたという。

――優しそうな先生でよかったぁ。

無論、思春期の男の子として、若くて美人な先生という点もポイントが高い。

柔らかそうな栗毛の髪をアップでまとめ、眼鏡の奥の大きな瞳がとてもチャーミングだ。

しかし見るからにおっとりしている物腰で、なおかつ小柄なこともあり、綺麗というよりは可愛いタイプ。顔だけ見れば、自分たちの同級生に見えかねない。

「それじゃあ、出席番号が奇数の人と偶数の人で、赤と白に分かれてくださぁ～い」

おっとりと微笑みながら、おっとりとした口調でのどか先生がそう指示を出してくる。

昔から「のどか」の「の」はのんびり屋さんの「の」って言われてるの、と自己紹介で言っていたように、言動の全てがのんびりしている。

そしてのどか先生の提案のもと、レクとして始まったのはバスケットボールだった。

サッカーのように大人数で参加する競技よりも、小人数でプレイをして、それを周りで応援しながら会話をし親睦を深めましょう、ということらしい。しかし——。

「………」

煉華の周りだけは、国連の決めた軍事境界線でも引かれているようにぽっかりと無人のエリアができていた。

対して自分も似たようなものである。

彼女ほどあからさまに避けられてはいないが、皆が意識して視線を合わせないようにしていることがアリアリとわかる。

先ほどの一件で、完全に『煉華側の人間』と思われてしまったようだ。

ちなみに悠斗は小学校に入学して以降、彼女と同じクラスになるのはこれで十回目。

つまり毎年、同じクラスである。恐ろしい偶然もあったものだ。

しかし孤高を愛する煉華と違い、悠斗は人並みに人恋しい。

選択肢は二つある。

煉華との腐れ縁を断ちきって新たな友達を開拓するか、又は今まで通り『煉華のオマケ』のポジションに落ち着くか。

前者が正解の気がするが、新たな級友たちのほうに歩みだすことができなかった。

自分が引っ込み思案だからではない。

昔、まだ煉華がさびしがり屋だった頃の思い出がフッと脳裏によぎったりして結局、足は幼馴染みのほうに向かってしまうのだ。

ここ数年、クラスが変わるたびに同じ選択を繰り返している。

「何しに来たのよ」

煉華はその鋭利な瞳を正面に向けたまま、隣に立った悠斗を見ようともしない。

「いや、その……なかなか友達ができなくなってさ。話せる相手がいなかったから」

「あっ、そう。なら仕方ないから話し相手になってあげるわよ」

「……あ、ありがとう」

しかし今更幼馴染みと話すこともなく、二人は無言で新しいクラスメイトたちのバスケを眺めていた。

最初に決められたチーム分けに従い、十分間隔でメンバーが入れ替わっていく。最初はぎこちなかった新しいクラスメイトたちも、担任教師の狙い通り、ゲームや応援を通してどんどんと親睦を深めているようだ。

レクの残りが十分近くになったところで、審判役である先生がぴぴーっと笛を吹く。

「は〜い。じゃあ、次が最後のメンバーチェンジよぉ。まだゲームに出てない子たちは、コートに入ってくださぁ〜い」

誰からも声をかけられなかった悠斗と煉華は、同じ赤チームとして一緒にコートの中に入った。

他の赤チームメンバーは肥満体形の男子と、気弱そうで小柄な女子が二人である。

「私、何をするんでも負けるのって大っ嫌いなの」

赤い鉢巻をギュッと結びながら、煉華がいきなりそう宣言する。

スコアボードを見ると、現在、三点差で負けていた。

「絶対逆転するわよ」

気弱そうな女子たちはあからさまに煉華にびびっている様子で、ひっ、と身体を引く。

その気持ち、とってもよくわかるよ。うん。

対して肥満体形の男子は煉華のジャージ&ブルマ姿に見とれ、鼻の下を伸ばしてうっとりしていた。何しろ胸の豊かな膨らみ具合がくっきりと浮き出て、長く均整のとれた脚線美にいたっては剥き出しなのだ。

その気持ちもわかるよ。うん。……でも、ちょっとムカつきます。

あくまで幼馴染みとして、彼女がそういう目で見られるのは気に入らない。

——しかし……このメンバーだと……。

決めつけるのはよくないが、三人ともあまりバスケの戦力になりそうもなかった。

対して敵である白チームは、なんの因果か例のモデル系の三人組が勢ぞろい。

いや、彼女たちの場合、今更このようなレクに参加するのが億劫でここまで残ってしまったというところか。

他の二人も、今まで彼女たち三人に喋りかけていたためにゲームに参加していなかったのであろう、見るからに運動神経のよさそうな男子たちだった。

――戦力差がかなりありありそうだな……。

身長だけ比べても、相手はモデル系の三人組に、長身の男子が二人。対してこちらは大柄なのは肥満男子だけで、後は並か並以下だった。

ぴっ。

のどか先生のホイッスルで試合開始。

赤チームで一番背の高い肥満男子と、白チームの坊主頭の男子でジャンプボール。

順当に相手ボールとなると――ダムダムダムダムっ。パン、パン――ザシュっ！

ぴぴーっ。

ドリブルからゴール下でパスを回し、フリーになったロン毛男子のシュートでアッという間に先制されて点差が開く。

こっちボールで試合再開。

赤チームのおさげの女子がボールを入れるが、モデル系女子にあっさり取られてしまう。

このままでは一方的に負けてしまうゲーム展開だ。

「悠斗！　あんたがなんとかしなさいよ！」

煉華に言われるまでもない。

小柄な少年はダッシュしてボールに向かい、

「おりゃっ！」

モデル系女子がパスを出そうとしたラインを見切って、叩き落とすようにパスカット。

これでも多少は運動に自信がある。

素早くボールを拾いドリブルを仕掛けるが、ゴール下へ切り込む前にすぐ敵の男子二人がプレスをかけてきた。

こちらの動きを見て、赤チームの戦力が自分だけだと判断したのだろう。

よし、今だ。

「煉華ちゃん！」

敵の二枚看板を引きつけたところで、ノールックでバックパス。

そこに走り込んできた赤毛の幼馴染みは、完全にフリーな状態でボールを受け取りロングシュート。

ザシュッ。

リングに触れることなくボールがゴールネットを通過していく小気味よい音が響き、点差を縮める。

「その調子よ、悠斗！　ジャンジャン私のアシストをしなさい！」

その後、レクリエーションとは思えない熱気でゲームは続いた。

赤チームの得点パターンは悠斗がドリブルで敵陣に切り込み、煉華がスリーポイントシュートを決めるという流れ。

悠斗は身長が低い分、ボールを運ぶドリブルに関しては長身の男子二人を完全に上回っていた。煉華のシュート精度も素晴らしく、ゴールネットを小気味よく揺らし続けている。

そして赤チームの他三人は下手ではあったが皆一生懸命で、悠斗と煉華の間を必死に繋いでくれていた。

対して白チームは圧倒的な身長差を生かし、ゴール下での高さ勝負で得点を重ねていく。

戦力的には完全に、悠斗と煉華の二人VS長身の男子二人の対決となっていた。

皆が驚嘆しているのは何よりも煉華の活躍だろう。

抜群の運動神経を見せる悠斗たち男子三人と比べても互角以上のプレイを見せている。

赤チームのシュートを主に担当しているとはいえ、得点数だけならその中でも断トツだ。

「……す、すげえ」「あの子、バスケの特待生とか？」「……いやでも、うちって進学校だよな？」「それはないか」「うわっ。またあんなところからスリーポイント決めた……」

煉華は運動に関しても只者ではない。

皆がそのことを深く認識するには充分な時間だった。

今では彼女がボールを持つたびに、周りから大きな歓声が上がるまでになっている。対して例のモデル系三人組は決して下手なわけではないが、煉華や悠斗をマークしてもボールを奪うほどの力はなかった。

一進一退の攻防が続き、残り一分でいまだ白チームが三点リード。

今ではゲームが白熱しすぎて、とても親睦レクリエーションという雰囲気ではない。

「くっ……くそっ」

中でも赤チームの攻防の軸となってる悠斗へのプレスのキツさが半端なくなっていた。体格で遥かに上回る男子二人がガツガツと肘や膝をぶつけてくる。

「もう！　そんなチビ相手に、何いつまでグズグズやってんのよ！」

「ソイツをやっつけたら、今度の休みに遊んであげるわよ！」

それを煽っているのが例のモデル系三人組だ。

先ほどの煉華との遺恨が、彼女の仲間だと認識された自分にモロに向けられている。

敵の男子二人も最初はそれなりに加減していたようだが、巧みなフットワークで自分たちの攻撃をすり抜けていく小柄な男子に、今では本気の闘争心を向けてきていた。

そしてその行為がエスカレートしすぎて――ガッ！

とうとう相手の肘が悠斗の顔面にヒットした。

「ぐっ⁉」

思わず鼻を押さえてから掌を見ると、鼻血がポタポタと滴っている。

「こ、このっ！　悠斗に何すんのよっ！」

それを見て相手に殴りかかろうとしたのは本人ではなく、赤髪のチームメイトだ。

ぴぴーっ！

のどか先生が笛を吹き、その突進を直前で止める。

そしてのんびりと歩きながら肘打ちをした生徒に、おっとりと詰め寄った。

「こらー。だめじゃない。ムダに暴力を振るう悪い子は、鼻の穴に靴紐通してゴリゴリしてからチョウチョ結びをしたまま廊下に立たせて、晒し者にしちゃいますよ？」

口調は柔らかく表情も穏やかなのだが、何気に過激なセリフである。

注意を受けた男子生徒は、面食らった顔をしてガクガクと頷いた。

それを見届けたのどか先生に、悠斗は顔を覗き込まれる。

「あー。骨に異常はないけど、鼻の内側を切っちゃってるわねぇ。こんなの別にどうってことないけど、血でコートを汚されても後の始末に困るから、残り時間は先生が代わってあげる」

教師として何気に交代を促す理由がズレている気もするが、悠斗は素直に頷いた。

のどか先生は代わりの審判を生徒の中から決めると、意外と機敏な動作でボールを手に取りポンと煉華にパスをする。

「白チームのファウルでフリースローよ。サッサと始めましょ」

赤髪のお嬢さまは、ムッとした厳しい表情をしたまま頷いた。

彼女がフリースローを続けて二本決めて一点差。

しかしゲームは相手ボールからスタートである。

――これは……ちょっと厳しい展開だよね……。

自分がコートを出たために、相手からボールを奪えるプレーヤーが煉華しか残っていない。それがわかっている白チームは、もう無理に攻める必要はないため、煉華を避けるようにしてパスを回し始めた。何しろ肥満男子も小柄な女子たちも、精いっぱいプレイし続けたためにもうフラフラだ。

そんな絶望的な流れの中、煉華だけがコートの中を走り続けている。

「あーもうっ！　正々堂々と勝負しなさいよ！　やり方が汚いわよ！」

「何熱くなってるの？　たかだかレクのバスケじゃない」

「そのたかだかの勝負に、逃げて勝とうとしてるのはどこの誰よ！」

ボールを追いかけ続けながら、煉華の叫びが鋭さを増していく。

「あんたたち、所詮遊びだと思ってるんでしょ！　勝ち方なんてどうでもいいって思ってるんでしょ！　違うわよ！　たとえ遊びでも、逃げて勝つ味を覚えたら、嫌でも逃げ癖がつくものなのよ！　人間、一度でも楽を覚えたらもうだめね！　しかもあんたたちまだその若さよ？　ああ、見えるわ！　将来、本当に大切な絶対に逃げちゃいけない人生の勝負どころでついつい逃げて、不様《ぶざま》に失敗するあんたたちの未来が丸見えよ！」

「……なっ」

お嬢さまが捲し立てる大袈裟なセリフの影響か、相手の動きが一瞬止まった。

その隙を煉華が見逃すはずがない――パン！

驚異的な瞬発力で、自分から逃げるように回されていた相手のパスを遮断する。

「ふん。青いわね。この程度の詭弁に動揺するなんて」

どうやら先ほど捲し立てたセリフは、相手の隙を誘うためのものだったらしい。

「き、詭弁って……どっちのやり方が汚いのよ！」

「勝てば官軍よ！　正義なんて勝ってからいくらでも上塗りできるわ！　歴史は常に勝者が作るものなのよ！」

これがつい数秒前に、勝負の正しい勝ち方を力説した人物のセリフだろうか。

――てか、これ……ただのレクリエーションだよね？

一国の中枢を担い続けてきた名家の一人娘は、人一倍したたかで、そして何より負けず嫌いだった。

しかし、もうドリブルで敵陣を突破している暇もなければ、パスを回してゴール下まで速攻を仕掛けられるようなチームメイトもいない。

となれば選択肢は一つだけである。

「はいれえええぇぇぇっ！」

赤毛のお嬢さまは自陣エリアから、超ロングシュートを放った。

煉華の叫びに後押しされるように大きな弧を描くオレンジ色の軌道が、一直線にリングに向かって伸びていく。

しかし——だむんっ。

僅かに距離が足らず、リングからゴール板にボールが跳ねた。

赤チームから溜め息が漏れ、白チームから歓声が上がった。そんなときである。

「あらー。ダメだったわねぇ。でも、まだ諦めるには早いわよぉ。先生も、負けるの大っっっっきらいなのぉ」

誰もが煉華のシュートを見上げていた中、一人、栗毛の女教師だけが白チームのゴール下に向かって走り込んでいた。

今まで見せていたおっとりした物腰からは想像できない機敏さで、信じられないほど高く跳躍する。

「……す、すご……」

悠斗は鼻血をハンカチで押えながら、唖然と呟いた。

ゴールリングの上にふわりと浮かんでいたボールが、その小さな掌にガシッと捉えられる。小柄な身体は宙で弓反り、そのしなりを利用して右手が一気に振り抜かれた。

ガゴンッッッ！

ボールを床に叩きつけるような、凄まじいダンクシュートが決まる。

ビリビリと揺れるゴール板。それにダンクを決めた片手でぶら下がっている女教師。

生徒の皆がそれを唖然と見上げる中、煉華だけが「勝ったわ」と満足そうに横髪を払っている。

直後、授業の終わりを告げるチャイムが鳴り、のどか先生は今までと同じようににっこりと微笑んだ。

「はーい。レクリエーションは終了で〜す。先生の前に集合してくださぁ〜い」

レクの始まった当初はダラダラしていた生徒たちが、女教師の指示に従いパッとゴール板の前に整列する。

――煉華ちゃんも相変わらずだったけど……こ、この先生もタダ者じゃない。

轟乃宮煉華と紗桜のどか先生。

いろんな意味でこの二人が、強烈な印象を残すレクリエーションとなった。

※

入学して二週間ほど経ってからの学校帰り。

悠斗は煉華と並んで歩いていた。

以前は車で送り迎えをされていた彼女だが、この歳になってまで送り迎えをされるのは嫌だと強く家に反発し、やっと徒歩&電車通学が許されたとのことだ。

そんなお嬢さまが自分の足での通学にも慣れてきて、少し寄り道してみたいと言いだした。

「そ、そんな……。煉華ちゃんのお眼鏡に適うような高級店、僕が知るわけないよぉ」

「何トボケたこと言ってんのよ。誰もアンタにそんな情報期待しちゃいないわよ。……悠斗が普段から行くようなところでいいの」

何故か少し頬を赤くして、ツンと顎を反らしながらそう命令してきた。

ふむ。つまりは見聞を広めたいということか。

「それなら、あそこがいいかな」

「あそこってどこよ」

「へへっ。それは着いてからのお楽しみ」

結果、悠斗が道案内する形で、今は街中を歩いている。

「あっ」

煉華が小さく声を上げた。

なんだ、と思い彼女の視線を追うと、ある看板の上に三毛柄の子猫が丸まっていた。しかもその看板には孤児院の文字が書かれている。

――煉華ちゃん……。

彼女は昔、とてもさびしがり屋で、思わず守ってあげたくなるような大人しい女の子だった。そんな彼女の性格が一変したのは、二人で内緒に飼っていた捨て猫が、あんなことになってしまってから以降である。

――やっぱり、キララのこと……。

孤児院に三毛猫という組み合わせを目にすれば、嫌でも思い出しているに違いない。

しかし赤毛のお嬢さまは何も言わずむっつりと押し黙ったまま、その前を通り過ぎた。

彼女が何も言わないのに、こちらからあまり楽しくない話題を振るのもどうかと思い、悠斗もそれに気付かないふりをして足を進める。

暫く歩くと目的の店が見えてきた。

「ほらほら、ここだよ煉華ちゃん」

悠斗が一際明るい声で幼馴染みに紹介したのは『トリコロール』という名前のパン屋さんである。

「ここのメロンパンがすっごく美味しいんだ」

悠斗は煉華の返事も待たず、店先でメロンパンを二つ注文した。

タイミングよくまだできたてのようで、包み紙越しでも温かい。

その一つを幼馴染みに渡し、少年はさっそくパクリとかぶりついた。

ザクザクとしたクッキー生地の後に現れる、しっとりモチモチなパンの食感。

「うーん。美味しい～」

甘みは控えめだがパン自体の旨みがしっかりしているため、とても濃厚で深みのある味がする。店頭に貼ってある手書き広告には自家製ブドウ酵母使用と謳われていて、その効果なのかほんのりと口に広がるフルーティさもたまらない。

「何よアンタ。男のクセに甘いモノでそんなデレッとした顔しちゃって」

メロンパンを手にしたまま、煉華が呆れ顔で呟いた。

「い、いいじゃん、別に！」

昔から女の子のような容姿をからかわれ続けているだけに『男のクセに』という指摘には、条件反射でカッと顔が赤くなってしまう。

「そ、それに、ここのパンは運動部のゴツイ奴らも練習が終わった後にみんな買ってくぐらい人気なんだからね！　残りのパンが少ないと、ケンカになるぐらいのすっごい人気なんだよ！　だ、だから別に男とか女とかは関係ないの！」

顔を真っ赤にして、しなくてもいい言い訳を早口で捲し立てる。

そんなこちらを幼馴染みが横目でジトッと見つめていた。冷たい視線がますます『女々《めめ》しい奴』と言っているように見えて仕方がない。

無駄に熱くなってしまった己を自覚し、悠斗はコホンと一つ咳払い。

「……と、とにかく煉華ちゃんも食べてみてよ」

お嬢さまは手にしたメロンパンを半眼で眺めてから、パクッと一口、口にした。

直後、青い瞳が大きく開かれる。

「どう？」

言外に、めちゃくちゃ美味いでしょ？　男の僕でもデレッとした顔をしちゃう気持ちがわかるでしょ？　という意味を込めて尋ねた。

そんなこちらのどや顔に、幼馴染みはムッとしながらも、

「ふん。……まあ、悪くはないわね」

「美味しいでしょ？」

「……私好みの味ではあるわ」

念を押すこちらに反発することなく、素直にその味を認めた。

よっぽど美味しく感じたのだろう。

悠斗は思わずにっこりしてしまう。

「へへへへ。よかった」

そして再びパクッとメロンパンにかじりつき、やはりデレッと顔を崩す。

本当に美味しい。

こんな美味しい食べ物を仲のいい友達と一緒に味わえるなんて、なんだかしみじみと幸

せを感じる。

「……な、何さっきからニヤニヤしてんのよ」

「そりゃー、煉華ちゃんと一緒にこんなに美味しいモノが食べられて、幸せだな～って思ってさ」

　ザクザクもちもちのメロンパンを口いっぱいにモグモグしながら、感じたままを素直に口する。

「ッッ～～っっ！」

　しかし何故か煉華は顔を真っ赤にして絶句し、その直後にはメロンパンを喉に詰まらせたのかゴホゴホと咳き込み始めた。

「だ、大丈夫、煉華ちゃん!?」

　悠斗は慌てて幼馴染みの背中をさする。

　そして彼女の息がある程度整ってから、

「いくら美味しいからって……よく噛んで食べなきゃだめだよ」

と親切心からそうアドバイスをしたのだが――、

「バカッッ！」

　いきなり怒鳴られてしまった。

　目をパチクリさせるこちらに対し、煉華はぷいっと顎を反らす。

そして赤毛のお嬢さまは自分の手にしているメロンパンと、こちらの顔を交互に見てから、オズオズと口を開いた。

「……で、でも……そ、その…………わ、私も悠斗と、い、いっしょに……」

うっすらと頬を桜色に染めた彼女は続けて口の中でゴニョゴニョと囁き、結局セリフの最後は聞き取ることができなかった。

悠斗は小首を傾げるしかない。

いきなりバカと言われたり、聞こえないような小声でゴニョゴニョと囁かれたりでこちらとしてはリアクションに困ってしまう。

――なんか最近、こーいうことが多いんだよなぁ……。

ひょっとして、何か悩み事でもあるのだろうか？

悠斗がそんなことを考えている間に、お嬢さまがいつもの調子を取り戻す。

「……と、とにかく今日は悪くはなかったわ」

サラサラ赤毛のロングヘアを片手でサッと払いながら身体の向きを反転させ、スタスタと帰り始めてしまう。

悠斗はマイペースすぎる幼馴染みの後に慌てて続き、疑問を尋ねるタイミングを逸してしまった。

※

『トリコロール』のメロンパンを煉華に紹介してから数日後。

朝、悠斗が教室に入ろうとしたときである。

「おい、轟乃宮！　お前、いくら金持ちだからってあんまり好き勝手すんじゃねえぞ！」

いきなり中からそんな怒鳴り声が聞こえてきて、慌てて教室の中に飛び込んだ。

「……うわぁ」

自分の席に座った煉華が、男子生徒数人に取り囲まれている。

「あ、あの、ど、どうしたの？」

少年は急いでその場に急行し自分の鞄を盾にしながら、幼馴染みを取り囲んでいるクラスメイトたちに問いかけた。

「こいつが昨日、トリコロールのパンを全部買い占めやがったんだ！」

「ええっ⁉」

悠斗が驚いて煉華を見ると、彼女はツンと顔を逸らすだけで口を開かない。

仕方なく男子生徒たちにさらに話を聞いてみる。

彼らが言うには、昨日、部活終わりにトリコロールに行くとすでに全商品が売り切れだったということだ。驚いて店員に事情を聞くと、うちの制服を着た赤髪の女子生徒が全商品を買っていったという。

そして今、それが煉華なのかを追及したところ、彼女は黙秘してそれに答えない。

最初は一言軽く文句を言うだけのつもりだった彼らも、お嬢さまの頑な態度にカチンときて怒りがエスカレートし今に至る、という状況らしい。

校則で髪染めが禁止されているため赤毛の生徒など数えるほどしかいない。そんな身体的な特徴がなくとも、パン屋の全商品を一人で独占するような生徒は煉華だけだろう。

「全部買い締めるとかどんだけ金持ちなんだよ！　大人買いすら超えてんぞ！」

「セレブ買いだ！　成り金買いだ！」

「お前みたいなお嬢さまにはわかんないだろうがな、俺たち庶民にとっちゃ、あそこのパンを部活の練習終わりに一個食うのが一日の一番の楽しみだったりするんだよ！」

それまで両腕を組んで口をムッとつぐんでいたお嬢さまが、たまりかねたようにバンと自分の机を叩いて立ち上がった。

「うるさいわね！　アンタたち男のクセに、たかだかパンのことでぐだぐだ言うんじゃないわよ！　万が一、それが私だったとしても、売ってるものを買って何が悪いのよ！」

煉華の迫力に気圧された男子生徒たちが一瞬仰け反る。が、それがさらに彼らの怒りを煽ってしまう。

「認めましたね？　今、あなた認めましたね！」

「俺たち、部活が終わって腹がぺこぺこなんだぞ！」

「てめえ、それで俺たちを飢え死にさせる気か！」

「独占禁止法違反です！　悪しき資本主義の縮図です！」

煉華が女だからまだ手を出していないだけで、いつ殴りかかってもおかしくないテンションである。

「あーもう、うるさいわね！」

そんな中、煉華がたまりかねたようにビシッと自分を取り囲む男子たちを指差し、胸を反らして言い放つ。

「パンがなければ、お菓子を食べればいいでしょ！」

悠斗はパカッと顎を落としてしまう。

——言った。言っちゃった……。

人類史上、最も庶民がセレブに言われてカチンときたセリフを。

悠斗は恐る恐る、激昂していた男子生徒たちを見た。

彼らはシンと静まり返っている。

そして現代に蘇ったマリーアントワネットがフンと顎を反らしたとき、その内側で限界まで膨れ上がった怒りが爆発した。

「このアマあぁあぁあぁ！」

「わーーっ！　ちょっ、ストップ！　ストッ——ぷぎゃぁ！」

煉華に殴りかかった男子生徒の間に慌てて入った少年に、複数のゲンコツがいくつも入る。それでも悠斗は背中にいる幼馴染みを守るために、男子たちの拳を受け続けた。

「ちょっ、アンタたち！　何、悠斗をボコってんのよ！　文句があるなら私にきなさいよ！　弱い者イジメしてんじゃないわよ！」

「そ、そんな、煉華ちゃ、火に油を注ぐような——ぐふっ！」

ここまで急所だけは外していたのだが、さすがに数が多すぎて捌ききれずに腹にいいのが一発入ってしまった。

たまらず膝から崩れ落ちそうになった——そんなときである。

「こらぁ〜。何やってるの〜」

騒然としていた教室に、場違いなほどのどかな声が響き渡った。

のどか先生である。

そして、今まさに悠斗を退けて煉華に殴りかかろうとしていた男子生徒二人の腕を掴み、ひょいと背中に回して——「イテっ！　いてててて！」

あっさりと関節を決めてしまった。

「何があったか知らないけど、男の子が女の子に手を上げちゃいけません」

担任の女教師は暫く男子生徒二人の腕をねじり上げてから手を離す。

そしてニコニコしたまま他の男子生徒に近寄ると、おもむろに片手を上げて、

「めっ、めっ、めっ」

と言いながらデコピンの乱れ打ち。

「ぶかぁ!?」「ぬおっ！」「ぐおおっ！」

華奢な女教師に額をビシビシと打たれる男子たちは、まるでボクサーの右ストレートでも食らったように、次々とノックダウンしていく。

あらかた男子生徒にお仕置きしてから、担任教師はチラリと視線をこちらに向けてきた。

先ほどはクラスメイトにボコられて、さらにここで先生にまでデコピンされては敵わない。悠斗がビクっと身体を硬直させると、のどか先生は小首を傾げた。

「多々良くんってつくづく鼻血づいてる子ねぇ。でも、女の子を守るためならそれは立派な男の勲章よぉ」

眼鏡の奥のおっとりアイでパチンとウインクしてくる。

どうやらこの状況から、だいたいの事情は察したらしい。

「アメリカだと、子供がケンカを始めたら終わるまで殴りあわせるんだけど、ここは日本なのよねぇ。ぴーてぃーえー、とかにグダグダ言われるの先生すっごく嫌だしぃ」

担任教師はそう言うと小さな掌を自ら握り締め——。

「のどかの『ど』は、どつき屋さんのど、って言われてるの」

ゴぎゅッ、ごぎゅボキゅきゅっッッ。

となんだかあり得ない音を自らの拳で鳴らしながら、にっこりと微笑んだ。

「みんな、仲よくしないと、先生、次は本気でどついちゃいますよ？」

デコピン一発でダウンした男子生徒たちはガクガクと頷いている。

のどかの『の』がのんびり屋さんで、『ど』がどつき屋さん。

――それじゃあ、のどかの『か』はなんなんだろう？

知りたいような、知りたくないような情報である。

何しろこの先生にだけは、逆らっちゃいけないと改めて肝に銘じる悠斗たちだった。

※

煉華、そして彼女と騒動を巻き起こした男子生徒たちは、放課後、生活指導の先生に呼ばれてお説教をされることになった。

悠斗は成り行きが心配で、生徒指導室の前で待っている。

煉華たちが部屋に入ってから一時間を少し過ぎた辺りで、生徒たちがゾロゾロと出てきた。しかし、その中に幼馴染みの姿がない。

「あ、あの……轟乃宮さんは？」

悠斗が問いかけると、自分を殴った負い目があるためか、男子生徒たちは素直に口を開いてくれた。

「……まだアイツだけ説教中だよ」

「完全黙秘してやがる」

「クソッ。あのままだんまりしてれば許してもらえるって思ってやがるんだ」

「金持ちだからって、我儘《わがまま》しやがって」

「そもそもアイツ、何しにウチにきたんだよ」

「自分が金持ちなことを、見せびらかすためかぁ」

「セレブらしく、お嬢さま学校にでも入ってりゃいいんだよ」

「あんな奴俺たちのクラスメイトじゃねぇ」

彼らはいまだ煉華への怒りは収まっていないようで、一通りの悪口を並べたてていく。

さすがに悠斗はムッとして、一言反論をしようと口を開きかけた。

と、そんなときである。

「あのぉ。すいません」

見慣れないオバサンが声をかけてきた。その後ろには幼稚園児ぐらいの子供たち数人がジッとこちらを見ている。

「職員室はどこですか？」

どうやら外来のお客さんらしい。

上下関係に厳しい運動部の生徒が、煉華を罵《ののし》っていた言葉使いから一転して、キチッとした敬語で職員室までの道筋を説明しだす。

するとその間、オバサンの連れてきた子供たちがこちらに近づいてきた。

「ねえねえ、お兄ちゃんたち。ここのお姉ちゃんで、赤い髪ですごく綺麗でおっぱいのでっかい人知らない？」

悠斗たちは顔を見合わせた。

「あ、あの、いったい、どんな御用なんですか？」

職員室までの道筋を説明していた男子生徒が思わずそう問いかける。

オバサンは言うべきかどうか一瞬だけ迷いの表情を見せたが、すぐに口を開いた。

「いえね。昨日、うちの孤児院にこの学園の制服を着た生徒さんから、たくさんパンを届けていただいたんです。なんでも、この学園のカンパで差し入れしていただいたとかで。それでお礼の電話を入れたら、学校のほうでそんなことはしていないと言われてしまって……。それで改めて届けてくれた生徒さんに事情を聞こうと思ったら、もう帰られてしまっていて、名前すら聞きそびれてしまったんです……」

悠斗も他の男子生徒たちもシンと静まり返った。

正確な事情はわからない。

しかし今の話を聞いただけで、昨日煉華のした行動とその思いのあらかたが想像できた。

「メロンパン、すっごく美味しかったのぉ！」

「わたしたち、おっぱいのおっきなお姉ちゃんにお礼を言いに来たの！」

子供の一人が嬉しそうに差し出した紙にはクレヨンで、赤い髪でおっぱいの大きな女の子が描かれていた。

その下には『おねえちゃん、ありがとう』と大きな字で元気いっぱい書かれている。

「……パンがなければお菓子を買って食べるべきだったんだよね僕たち」

「……ノブレスオブリージュって、日本にも存在したんだな」

「……やっぱり生まれがいいと違います。あいつは本当の姫さまだったのです」

煉華に殴りかかろうとした男子生徒たちがブツブツと囁きあっている。

「……でも、なんでそれならそうって言わねえんだよ」

「……そ、そうだ、そうだ」

「……俺たちはなんも悪くねえぞ」

悠斗はポリポリと頭を掻きながら、苦笑気味に溜め息をついた。

煉華のことだ。自分が恩を着せることなく孤児院の子供たちに、あのとき悠斗と共に味わった『幸せ』を、分かちあってもらいたかったんだろう。そのため名乗らず、学校からと嘘を言ってまで差し入れをしたに違いない。だからパン買い占めのことを追及されても自分だと言えず、黙秘を続けるしかなかったのだ。

——そもそも煉華ちゃんて……めちゃくちゃ照れ屋さんだからな……。

たとえそんな事情がなくても、自分のした善行を口にするような性格ではない。

「あら。君たちあの子の知り合いなの？」

探し求める女子生徒の特徴を言って、一変したこちらの様子にオバサンが嬉しそうに尋ねてきた。

男子生徒たちは顔を見合わせると、皆が一つ頷いた。

代表して職員室までの道順を説明していた生徒が口を開く。

「はい。僕たちの……クラスメイトです」

「あら、まぁ」

「ちょっと待っててください。すぐそこにいますから」

生徒の一人がすぐに生活指導室に入っていき、程なくして煉華を連れ出してきた。

「ちょっ、な、なんなのよいったい、バカみたいにニヤニヤして――あっ」

直後、幼い子供たちに囲まれて赤毛のお嬢さまは顔をその髪に負けないほど真っ赤にする。それを見てゲラゲラと笑う男子生徒たち。対して煉華が「何笑ってんのよ！」と怒鳴るのだが、彼らは笑顔を絶やさない。

「轟乃宮のアダ名はツンデレ姫で決定だな」

「うん。決まり、決まり」

「だ、誰がツンデレですって！」

「ねーねー、お姉ちゃん。つんでれ、ってどーいういみぃ？」

「……そ、それは」

ますます笑いが大きくなる。

「やっぱりあの子、学校でも人気者なのねぇ」

その様子を眺めながら、悠斗の隣でオバサンが微笑んだ。

「昨日もウチの子供たちに、とっても人気だったのよ。人見知りの子が多いのに、ほんの短い時間ですぐに懐かれてたみたいで。今日もあの子たち、あのお姉ちゃんを探しにいくなら自分たちもついていくって聞かなくって。うふふ。本当に素敵な子ねぇ」

「はい」

悠斗は頷き、思わず笑みをこぼしてしまう。

——よかったぁ。

今までの学校生活では、誰も彼女の本質に気付けなかった。

本当はとても思いやりがあり、優しい彼女の本質を。

そのため自分以外に親しい友達ができず、クラスではいつも浮きまくっていた。

これだけ派手な見た目やエキセントリックな言動が目につけばそれも仕方ないと思う。

しかし、このクラスなら、今までとは違う学校生活を煉華が送れそうだ。

第二章　妊娠命令　さっさと私を孕ませなさい！

放課後の教室。

野球部やサッカー部の元気なかけ声が聞こえてくる中、悠斗は煉華と二人で、授業で使う資料作りをしていた。

大量にあるコピー紙を折って、ホッチキスで留めるという単純作業だ。

二人ともクラス委員でもなんでもないのに、のどか先生に指名されてのものだった。教室には他に生徒はおらず、今は二つの机を並べて向かいあっている。

悠斗は几帳面な性格ということもあって、一枚ずつ紙のコーナーを合わせて折っては、一セットごとに丁寧にホッチキスで留めている。

対して煉華はササササッと手早く折っては、まとめてガチャンガチャンだ。

それでいて資料の仕上がりに差がないのは、単純な能力差であろう。

煉華はこちらのペースに合わせるように、時折手を止めては窓の外を眺めて、はぁ、と力なく溜め息をついたりしている。

激しく彼女らしくない。

「あ、あの……煉華ちゃん？　何かあったの？」

いつもの彼女ならノロノロしている自分にイラつき、何グズグズやってんのよもう的なセリフを言うことはあっても、こんな溜め息のつき方をしたりしない。

思い返せば今日は朝から煉華の様子はおかしかった。

いや、無論普段からかなりおかしいというかいろいろとアレな人格ではあるのだが、今日の場合はそうではなく、一日押し黙っているのだ。

そもそも、こんな地味な役目を指示されて、素直に従っている点からしておかしい。

赤毛のお嬢さまは窓の外を眺めていた視線をこちらに向けて、悠斗を睨んできた。

しかしその瞳にいつもの力強さは感じられない。

こちらもジッと上目遣いで見つめていると、煉華のほうがあっさりと先に視線を外した。

そして、はあ、と再び力ない溜め息をつき顔を横に向ける。

「……鍵」

彼女はポツリとそう言った。

「えっ？　な、なに？」

意味がわからず問い直すと、煉華は横を向いたまま顎を軽く前に振った。

「…………教室の鍵、締めてきて」

改めて彼女の視線の先を見てみると、教室の出入り口を向いていた。

ただならない煉華の雰囲気に、悠斗はコクコクと頷いてすぐに教室の前と後ろにある出入り口のロックをかけた。

「締めてきたよ」

少年は改めて彼女の前の席に座る。

煉華はむっつりと押し黙ったままなかなか口を開こうとしない。

悠斗は辛抱強く、幼馴染みが口を開くのを待った。

「――実は……」

煉華が話を始めたのは、グラウンドで部活動をしていた運動部のかけ声が聞こえなくなってからだった。

※

「……け、結婚⁉」

煉華の話を聞き終えて、悠斗は椅子から立ち上がっていた。

唖然とする。

彼女の話を要約すると、こうだ。

現在、轟乃宮家の直系で男子は一人もおらず、男子を産めそうな若い齢の未婚者も彼女しかいない。つまりこのまま煉華に万が一のことがあれば、轟乃宮家の血筋が途絶えてしまう。ということで、一刻も早く轟乃宮家の跡取りを煉華が産む必要があるため、祖母の手配で近々結婚させられるという。

「そ、そんな……いきなり」

お見合いならまだわかるが、いきなり結婚なんて信じられない。

「あ、相手の人は……どんな人なの？」

「写真映りはマアマアよさそうな男だったわ」

「えっ。ってことはまだ会ったこともないの？」

煉華は口をへの字にして、小さく顋を引いた。

「お祖母さまは、自分の若い頃はそれが当たり前だったって言うんだけど……お祖母さまの若い頃っていったい何年前の話よ！」

煉華はダンと机を叩き、怒りを露わにした。

今でも政略結婚や許嫁《いいなずけ》の類いはあるだろう。轟乃宮家ほどの名家の一人娘ともなれば、それも致し方ないと思わなくはない。

しかしそれは、ある程度の大人になってからじゃないだろうか？

今の時代、いくらなんでもこの歳で、会ったこともない人と一刻も早く子供を作るために結婚させせられるというのはヒドイと思う。

「で、どうするの？」

「どうするも、こうするも、嫌に決まってるじゃない。好きでもなんでもない男の赤ちゃんを産まされるなんて思うとゾッとするわ」

キララのことがあった頃とは違い、納得できないことに対しては決して屈しない彼女である。今回の理不尽すぎる話なら、たとえ相手が煉華の唯一頭の上がらない『お祖母さま』でも徹底的に抵抗することだろう。

「アンタはこの話を聞いてどう思ったのよ」

「へっ？　ぼ、ぼく？」

驚いた、というのが正直な感想だ。結婚はおろか、まだ恋人の存在すらも遠く感じる年頃である。そもそも悠斗は初恋すら経験していない。それがいきなり同じ歳の幼馴染みが、結婚させられるというのだから。

「びっくりした」

思ったままを口にする。これで驚かないほうがどうかしている。

しかし悠斗の率直な感想に、煉華は片方の眉をぴくっと釣り上げた。

——あれ？　なんか不機嫌なときの煉華ちゃんの反応だぞ……。

「それだけなの？」

そう問い直してくる声も、口調がどこか平坦だ。感情を露わにしてるときは、傍目《はため》には怒り狂っているように見えても実はそうでもない。

このように一見冷静そうな場合が一番ヤバイのだ。

「えっ、あの……そ、それだけなのって言われても……」

――えーと、えーと……。

とりあえず思いついたことを口にしてみる。

「れ、煉華ちゃんが結婚しちゃうってことは……その、もう、これからは今みたいに気楽に会えなくなっちゃうだろうから……寂しいかも」

「かも？」

「さ、寂しい！　うん。すっごく寂しい！」

「あっそう。ふーん」

煉華は変わらず平坦な口調でそれだけ言うと、ぷいっと顔を横に向けた。

しかし僅かに顎を斜めに持ち上げ、片手で横髪を払う仕草は、彼女の機嫌がある程度直ったシグナルだ。

「悠斗」

「な、なに？」

「こうなったら、先に作るわよ」

「えっ？　な、何を？」

「赤ちゃん」

「…………は？」

赤ちゃん？

そんな手軽に、まるでお菓子でも作るみたいに言われても……。

しかし、彼女の顔つきを見る限り、決してジョークを言っているような様子ではない。

普段から煉華の言動には唖然とさせ続けられているけれど、その中でもこれはとびっきりな部類に入る。

「む、無茶だよ……。だいたいどーやって……」

「何よアンタ。赤ちゃんの作り方も知らないの？」

「そ、そそそそれぐらい知ってるよ！　そーいう意味じゃなくって……その、つまり誰と作るかってこと！」

顔を真っ赤にして問う悠斗に対し、煉華がツンと顎を反らした。

「アンタが相手よ」

「ふぇっ⁉」

悠斗はポカンと口を開け、顔を反らしたままの幼馴染みを見つめた。いつも通り強気な横顔をしているが、頬がうっすらと桃色に上気している。

しかし話の流れがよく理解できない。

確か煉華は会ったこともない男と結婚したくないために、赤ちゃんを作ると言っていたはず。そして、その後にいきなり赤ちゃん作りの相手はアンタだと言いだした。

——お、おかしいぞ……。

これでは自分と赤ちゃんを作るって言ってるようにしか聞こえない。しかし、いくら記憶を巻き戻しさまざまな解釈を加えても同じ結論にしか達しなかった。

悠斗がポカンと口を開けて思考をフリーズさせていると、痺れを切らしたように赤毛のお嬢さまがいきなり右手の人差し指をビシッとこちらに向けてきた。

「さあ、悠斗！　さっさと私を孕《はら》ませなさい！」

長年、彼女の無茶な言動に振り回されてきたが、今回のこれはその中でも最大級だ。それこそ彼女に、赤ちゃんをどうやって作るのか知ってるの、と問いたくなる。

「し、仕方なくなんだからね。アンタのことなんて好きでもなんでもないんだけど、そ、その……あの……す、好きでもなんでもない男と結婚するのが嫌だから、仕方なくなんだからね」

言い訳じみた彼女のセリフには決定的な矛盾があるような気がするが、現在人生で最もテンパっている悠斗には、それを正確に指摘する余裕がない。

言葉の流れはただの音の連なりとなり、最後のワードとなった『仕方なくなんだからね』だけが、かろうじて少年の意識に残る。

「そ、そうか……仕方なくなんだ」

「そうよ。仕方なくよ」

「仕方なく」

「仕方なく」

二人で同じ言葉を繰り返しているうちに煉華の顔が近づいてきた。

凛々しい瞳が妙に潤み、いつも雪のように白い頬が鮮やかな薔薇色に染まっている。

近くで見ると睫毛の長さや肌のきめ細かさなど、彼女の美貌を形成している諸々の詳細がよくわかる。顔立ちのバランスだけではなく、全てのパーツが美しい。

「あ、あの、れ、煉華ちゃん？　そ、そんなに顔を近づけて……」

「仕方なく……し、しし仕方なくなんだからね！」

呪文のように「仕方なく」と繰り返していた煉華が、まるで呪いの完成した魔女のようにカッと瞳を見開いた。そしていきなり悠斗の制服の襟をガシッと掴むと、目の前まで近づけていた顔をいきなりグンと突き出してくる。

「──ふぶぅんっ⁉」

むちゅっ、と唇に柔らかな感触。大きく見開いた瞳に映るのは、長い睫毛をギュッと閉じている幼馴染みの美貌のドアップ。

──き、きす？　煉華ちゃんとキスしてるよぉっ！

無論、悠斗にとってのファーストキスだ。

たとえ相手の女の子が、自分のことを『好きでもなんでもなく仕方なく』でも、煉華ほどの美少女とキスをして、平静でいられるほど悠斗は達観してはいなかった。

「……んっ……んんっ」

彼女が漏らす吐息のくぐもり具合もまた悩ましい。

何より唇に押しつけられているプリッとした感触が、想像していたよりも遥かに柔らかくて気持ちよかった。そして、追い打ちをかけるように鼻孔に流れ込んでくる煉華の優しい香りによって頭の中が急速に沸騰する。

「ッッ〜〜〜っっ！　っっ――――んっっッッ！」

たとえ女の子のようなルックスでも、悠斗は思春期の男の子。

腹の底から噴き上がってきたマグマのようなエネルギーに突き動かされ、両手が肘から自然と持ち上がっていく。

行き場のない両手の指は意味もなく散々宙を掻きむしってから、煉華の背中をガバッと抱き締めていた。

「……んんっ……ゆ、ゆぅとぉ……」

赤毛のお嬢さまは瞳を閉じたまま、僅かに唇がズレた瞬間くぐもった声を漏らした。

いまだ丸く見開きっぱなしの悠斗に対し、煉華の瞼はいつの間にか力みが消えて、ソッと伏せるように閉じられている。一旦離れた唇も、今度はお互いの唇の弾力を確かめあうように、しっかりと重ねあわされた。

漏れ出た声も普段の尖ったものではない。

妙に甘い響きが混じって聞こえ、名前を呼ばれた少年の興奮をさらに煽り、彼女の背中に回した両手にますます力が籠《こも》ってしまう。

むにゅう、とそれに合わせて密着している煉華の胸がこちらの身体で押し潰れる。

——わわわっ。お、おっぱいの感触が、た、たまんないっ！

唇と同様、想像以上の柔らかさと弾力である。

もっとそれを味わおうと、両手に力を込めたら煉華の背骨が僅かに軋むような感触が伝わってきた。胸が桁外れに大きいため一見体格がよさそうに見えるが、煉華はむしろ華奢なほうである。

初めて密着した異性の身体に興奮しきっていた少年は、慌てて両手の力を抜き、重ねあわせていた唇を解いた。

「い、痛かった？」

恐る恐る問いかけた質問に幼馴染みが小さく顔を横に振る。

「……悠斗に思いっきりギュッてされて……そ、その……ドキドキした」

後半はゴニョゴニョとした独り言のようでよく聞き取れない。

煉華の言葉を聞き取るために「んっ？」と顔を近づけると、それまで少し俯き加減だったお嬢さまがハッと顔を上げた。

顔は赤く染まったままだが、青い瞳にいつもの鋭さが復活している。

まるでレーザービームのような視線でギンと睨まれた。

「と、とにかく！　私のファーストキスを奪ったんだから、しっかりと責任取りなさいよ！　さっさと赤ちゃんを作るわよ！」

「は、はは、はい！」

その迫力に思わずガクガクと頷いてしまった、が。

──キスしてきたのは煉華ちゃんからだったような……。

しかしそんな突っ込みを入れても、自分のためにならないことは身に染みて知っている。

「あ、あの、で、で、でも赤ちゃん作るってその、あの……ど、どうしよう？」

「そんなの男のアンタがなんとかしなさいよ。エッチなDVDとかマンガをたくさん読んでて詳しいんでしょ」

「そ、そんな！　僕、そーいうのはあんまり見たことないよっ！」

「あんまり、ってことは見たことあるんじゃないこのムッツリすけべ。ムキになってそんな細かいところを訂正しようとしたところに、男の小ささが滲み出てるわよ」

ひどい言われようだ。

「とにかく！　そのムッツリなスケベ心で掻き集めたエロ知識を動員して、私のことを孕ませなさい！」

セリフの内容は思春期男子としてこれ以上ないほど嬉しいモノなのに、ひどく罵られているような気がするのは何故だろうか。

しかしまるでこちらを罵倒するように睨んでいた瞳をツイと横に逸らし、耳まで赤くして囁かれた次の言葉に少年の心は鷲掴まれた。

「だ、だから……その……わ、私のこと……す、好きにしていいわよ」

男に生まれ、女の子に言われてみたいセリフのナンバーワンかもしれない。

しかもそれを言った相手が、煉華のような美少女ならばなおさらだ。

若い童貞少年が平静でいられるわけもない。

『私のこと好きにしていいわよ』と大きく刻印されたハンマーによって、悠斗の頭から理性的な部分がスコーンと弾き出された。

「え、えーと。ま、まずは……お、おっぱい。おっぱいだ、おっぱいを一揉み！」

少年は制服を高く盛り上げている幼馴染みの胸に手を伸ばした。先ほど自分の胸に押しつけられていたときの柔らかな感触が忘れられない。

ムにゅん。

大きく盛り上がっている煉華のバストを、まずは下から持ち上げるように掴んだ。

「……ッッ」

その直後、煉華はビクリと身体を震わせる。

しかし今の悠斗に相手の反応を気にしている余裕はない。

——ふわわわ。な、なにコレ……。すっごくポヨポヨしてて超柔らかい～。

様子見でほんの軽く触れるつもりだった。

言葉通り、まずは一度触って次に移るつもりでいた。

しかし掌に伝わってきた心地よすぎる弾力に引き込まれ、指先に勝手に力が籠っていく。

ムにゅ、ムにゅッ。もにムにゅにゅにゅッ。

一揉みのつもりが、立て続けに二揉み、三揉み——。

手の動きが止まらない。

柔肉に深く指を食い込ませれば、それ相応の力で押し返してくる。しかし反発されているという感覚はない。こちらが掴んでいるというのに、むしろ優しく包み込まれているような独特の感触なのだ。

ハアハアと息を乱しながら、少し猫背気味になり幼馴染みの胸を夢中で揉み続ける。興奮と性欲に血走った目に映る獲物に、牡の意識が集中していく。

「っっふぁ……い、いつまで胸ばっかり揉んでるのよっ」

それは責めを受けている煉華の息まで乱れ、突っ込みを入れられるまで続いた。

指摘されて、初めて自分の荒すぎる鼻息に気付く。

それでも両手の動きは止まらなかった。

「い、いやぁ、その。いっぱいモミモミしといたほうが、おっぱいもよく出るようになると思って」

　自分にしては上手い言い訳ができたと思い、引き続きモミモミモミ。

「も、もう。手つきがヤラしすぎるわよ。そ、それにおっぱいの心配は赤ちゃんができてからすればいいの。とにかくまずは種付けよ」

「……た、たねつけ」

　お嬢さまの率直な物言いが、おっぱい以上に童貞少年の獣欲を刺激してくる。

「わ、わかった！　そ、それじゃあ……えーと、ま、まずは横になって！」

　再び鼻息の荒くなった悠斗の指示に、あの煉華がコクッと頷いて素直に従う。

　とりあえず机を三つほど並べ、そこに横たわってもらった。

「ふわぁー」

　煉華の場合、横になっても一番目立つのはやはり胸の盛り上がりだ。

　ブラジャーの効果も当然あるのだろうが、たいして形も乱れずに特大カップケーキのような高さを保っている。

　しかし、今回探索するべき目的地はその高くそびえる魅惑の連山ではなく、女の子の一番大切な秘宝が眠る洞窟だ。

　悠斗の指先は迷うことなく制服スカートの裾を掴んだ。

　ごっくん、と再び大きく生唾を飲み込んでからスカートを捲ると、いかにも高級ブランド品と思われる黒のショーツが現れた。

サイドは細かな刺繍の施されたレース生地。女の子のデリケートエリアを包んでいるのは深みのある光沢の最高級シルク。かなりアダルトな下着だが、ワンポイントで可愛らしい白のリボンがついていて、これが大人用の品ではないことを思わせる。彼女の経済力を考えると、オーダーメイドの一品なのかもしれない。

対して雪のような白さを誇る太腿の肌のきめ細かさも、身につけている下着のグレードに負けていない。

――や、やば……。これだけで鼻血が出そう……。

漆黒のシルクが密着した股間の形に合わせて凹凸を作っているのが、なんだかとっても生々しい。嫌でもその中にある隠された秘所に対する期待が高まってくる。

「じ、じゃぁ、ぬ、ぬぬぬ、ぬがす、よ」

「も、もう、何声をめちゃくちゃ上擦らせてるのよ。こっちまで緊張してきちゃうじゃないの」

煉華はプイッと横を向くと、囁くように「さっさとしなさいよ」と言葉を続けた。

悠斗はコクコクと頷き、むふー、と盛大な鼻息を噴き出してから両手でショーツの左右を摘《つま》んだ。下に引く。その際ツルンと脱げた極上の感触は、最高級シルクときめ細かな卵肌の合わせ技が生んだもの。

童貞少年の目にまず飛び込んできたのは頭髪と同じ赤毛の茂みだ。それほどみっちりと生え揃っているわけではなく、産毛《うぶげ》が少し伸びた程度のサラサラした毛並みである。まだ大人になりきっていないのが一目瞭然だ。

──お、おっぱいはこんなにでっかいのに……。

大半の大人を遥かに凌駕する胸の発育に比べ、股間の茂み具合はまだまだ子供だった。

視線をさらに下に向けると、肉のつくべきところはしなやかに発達し、くびれるべきところはキュッと引き締まっている、長く均整のとれた脚が密着して続いている。

これではその間にある一番肝心なところを見ることができない。

煉華は下着を脱がすところまでは協力的だったが、その後は太腿を閉じたままだ。

「れ、煉華ちゃん……あ、あの……脚開いてくれないと……」

悠斗の言葉に、幼馴染みがヒクンと身体を震わせた。

口をへの字にし怒ったような視線でこちらを睨んでくる。しかし、暫くすると「はぁ」と溜め息をつき、直後にはぴっちりと閉じられていた太腿の間に緩みができた。

どうやら『あとはお前が開け』ということらしい。

悠斗は煉華の両膝の裏を掴むと、足を持ち上げるようにしてM字に開かせた。

「うわぁ……」

「うわぁー」

真正面から煉華の股間を覗き込み、思わず感嘆の声が漏れた。

——これが女の子の……煉華ちゃんのアソコ……。

女性器を見るのはこれが初めてだ。

雪のように白い柔肌に筋のような割れ目が一本通っており、それを保護するように唇のような形の肉土手——大陰唇が盛り上がっている。

想像していたよりも意外と生々しく感じなかったのは、割れ目がぴっちりと閉じていて、その奥の性粘膜がまったく見えないからだろう。それに加えて——。

「あ、あのさ……煉華ちゃん」

まるで股間に喋りかけているような構図である。

「な、なによ……」

「……まだ……濡れてないよね？」

「………………そ、それ……どういう意味よ」

知らないからって笑うんじゃないわよ的な、こちらのリアクションを探るような口調であり表情だった。

どうやら煉華の性知識は大人顔負けのバストではなく、産毛オマ○コのほうに近いらしい。少なくとも悠斗よりはウブなことは間違いなさそうだ。

——た、たぶん……オナニーとかもしたことないんだろーな……。

それでいきなり『種付け』をしろと言いだすのだから大物である。

しかし、悠斗もいざ『濡れる』という現象を説明しようとしても、上手い表現が見つからずに乏しい性知識を思い出そうと、視線を上げて首をひねる。

しかし、その行動が幼馴染みにヘンな誤解を与えてしまったようだ。

「なに？　アンタ、何を思い出そうとしてんのよ？　まさか他の女とシタことあるんじゃないでしょうね⁉」

「ち、ちちち違うよ！　僕はキスしたのだって、女の子のおっぱい触ったのだって、今が初めてだよ！　その、つまり、まーその……エッチな本とかに載ってた『濡れる』の意味を思い出そうとしてるんだよ！」

叫んでから気付く。自分は何を力いっぱい力説してるのだろうか？

ハアハアと肩で息をしているこちらに対し、煉華がボソっと一言。

「……ムッツリスケベ」

「……うぐぅ」

自覚していることを改めて指摘されると、チクリと痛い。

しかしいつまでも、こうしているわけにもいかない。

気を取り直して説明を続ける。

「え、えーと。濡れるってのは、その、つまり女の子がセックスをできる状態になることで……その、あのー、たぶんアソコの中が濡れてくるんだと思うんだけど……」

「そ、そんなの初めてだからわかんないわよ……」

「だ、だよね。と、とにかく、僕の見たところまだ濡れてないみたいだから、その、煉華ちゃんをまずは濡らさないといけない」

「……どうやって濡らすの？」

「そ、その……煉華ちゃんのアソコを……その、エッチな感じでいろいろして……その……気持ちよくさせれば濡れると思う」

「……へ、へぇー」

煉華の表情が僅かに強張った。

ここまでの言動から考えて、彼女は百パーセント処女だ。悠斗にだって断言できる。

それだけに女性器を責められるという行為は、胸を揉まれる程度の今までに比べ、精神的な障壁の高さも違うだろう。

しかし相手は最初に『私を孕ませなさい』と命令してきたお嬢さまである。

「わかったわ。……全部、悠斗に任せる」

煉華は覚悟を決めると足をM字に開いたまま、ソッと長い睫毛を伏せた。

悠斗は改めて、ごっくんと生唾を飲み込み、幼馴染みの下半身に手を伸ばす。

M字に開かれた太腿を掴み、顔を幼い乙女の股間に落としていった。

ボディーソープの香りだろうか。陰毛の辺りからふわっと立ち昇る爽やかな匂いがまず鼻孔に流れ込んでくる。

それでいて超至近距離まで近づくと、ほのかに甘酸っぱい香りが混じった。

——うわー。なんだかすっごくイイ匂い……。

とても優しい香りなのに、妙に刺激的でいつまでも嗅いでいたくなる。悠斗は目をつぶって思いっきり息を吸い込み、心ゆくまで煉華の香りを堪能した。

「ちょっ、な、何いつまでクンクンしてるのよ。……そ、そんなので濡れてくるの？」

顔を真っ赤にした幼馴染みに睨まれて、悠斗はハッとする。

「い、いや、これはそのー、し、下準備みたいなもんなんだよ、うん」

相手が知らないことをいいことに、適当な言い訳をしてその場をごまかす。

「そ、それじゃあ、あ、あの本格的に始めるから……痛かったりしたら言ってね」

煉華が頷くのを確認してから、悠斗はゆっくりと口を近づけていった。場所が場所なだけに、敏感でデリケートなエリアだということはわかっている。指だと爪で傷つけてしまうかも、という心配があったため、まずは口を使ってみることにした。

何しろ悠斗にとってもこれが初体験なのだ。

慎重に舌を出し、そして大陰唇のぷっくりとした盛り上がりに這わせてみる。

「……っ……ぁんんっ」

舌先が牝土手の盛り上がりをなぞると、お嬢さまの身体がヒクンと敏感に痙攣した。漏れ聞こえた声のくぐもり具合に、それだけでやけに興奮してしまう。

――や、やっぱ……感じてるんだよね？

自分が同じ場所を舐められたらと考えると、経験はないが、気持ちよくないわけないだろうなと想像できる。

声を聞く限り、少なくとも痛みや嫌悪感はなさそうだ。

――そ、それじゃあ……。

悠斗は狙いを大陰唇の盛り上がりではなく、その中心に走る縦割れに移した。

牝裂に舌を這わせると幼馴染みが鋭いくぐもり声を上げる。視線を上げてみると煉華は軽く顎を仰け反らせ、口元を片手で押えていた。少年は確かな手応えを実感し、当初は慎重だった舌の動きを徐々に加速させていく。

「っ……っくふんっ！」

上下運動だけだった味覚器官を、力を込めて左右に動かし、ぴっちりと閉じているヴァギナの扉を開いていく。ほとんど抵抗感なく肉片が中に入り、ビラつく小陰唇にまで舌先が及んだ。その舌が潜り込む深さに比例して――。

びくん、ひくくン、びくヒクくんッ。

太腿の内側にある太い筋を中心に、女体全体が鋭く痙攣し始める。そして彼女の意思とはおそらく関係なく、大きく開いた両脚が官能によじれて勝手に閉じようとし始めた。

――か、感じてる……。あの煉華ちゃんが僕のペロペロでこんなにも……。

悠斗は煉華の脚を掴んでいる両手に力を込めてM字開脚を維持し、さらに舌による牝華の探索を続けた。彼女があられもない反応をするたびに、いまだ制服ズボンの中にある己の分身が窮屈になっていく。

「っ……っふぁ……んはあぁぁあぁっ！」

牝裂の上部にある小さな粒状の突起を舐めてみたら、煉華がとうとう鋭い声を上げた。

――わっ、すごっ⁉　こ、これがクリトリスってやつ？

女性器にモザイクやボカシの入ったものしか見たことがないために、正確なことはわからない。しかしココが特に弱いことだけは確信できた。

「ああっ！　なっ、そ、そこっ……だめっ、そんなにっ、ああっ、っふぁあぁぁっ！」

豆粒状の突起を舌先で包み込むようにして舐め上げると、煉華の背中が跳ねるように弓反り始める。悶えようとする両脚の力みもさらに増し、軽く手で押しているだけでは開脚を維持できないほどだ。明らかに少女の身体が牝の喜びを示している。

――あっ⁉

そしてとうとう舌先に、自分の唾液とは違う濃いヌルつきを感じた。控えめに漂っているだけだった甘酸っぱい牝の匂いも濃密にムッと漂い始めている。

童貞の悠斗でも直観でわかる。煉華の女性器が『濡れた』のだ。

最初の目的を達成し、夢中で躍らせていた舌の動きを中断して一旦顔を上げた。

と、同時にお嬢さまが高く持ち上げていた背中をトスンと机の上に落とす。いつもツンと引き締まっている口元が半開きになって、はあはあ、と小さく息を弾ませている。

――い、今の煉華ちゃんすっごく可愛い……。

大人びてきてからはこの赤毛の幼馴染みのことを、綺麗と思うことは数限りなくあったが、こんなにも可愛いと思ったことはこれが初めてかもしれない。

「も、もう濡れてるよね？」

「…………し、知らないわよ、バカ」

慌てて顔を横に向ける仕草も、いつもなら『ツン』と尖った音が聞こえてきそうな鋭さなのに、今のは『ぷいっ』と可愛らしい効果音が悠斗の脳内では鳴っていた。

――なんだかムチャクチャ、たまんない気分になってきた……。

このまま自分だけ服を着ていては先に進まない。悠斗は自らズボンを下ろし、トランクスも脱ぎ捨てる。

悠斗のペニスはすでにビンビンにそそり立っていた。片手で握ると全てが掌の中に隠れてしまう程度の長さと太さだが、一応包茎は卒業している。今みたいに勃起すれば、真っ赤な亀頭がちゃんと顔を出す。

縦筋一本の煉華に比べれば、自分のほうが多少は大人寄りなのかもしれない。

「そ、それじゃあ、は、はは始めるよ」

異様なまでに声を上擦らせながら、幼馴染みの開いた脚の間に膝をついた。

「……っ……や、優しくしないと……し、承知しないからね」

いつも強気で、何も恐れるものはないという顔をしているお嬢さまの美貌に、一瞬、自分にすがりつくような色が走る。顔と身体の位置関係上、彼女が下から自分を見上げるような格好のため、上目遣いのその表情がなんだかとてもいじらしい。

ゾクゾクゾクゾクゾクっ！

普段とのギャップが大きいだけに、少年の背筋に稲妻ような牡の震えが走った。

「れ、煉華ちゃんっ！」

言葉にできない激情に突き動かされて、青筋立つペニスをまだ蕾の状態である幼馴染みの牝華に押し当てた。腰を突き出すようにして、先端を牝の肉裂に埋め込もうとする。

つるんっ。

しかし内腿まで滴っている愛液のヌメリで先端が滑ってしまった。

焦る気持ちを抑え、何度かチャレンジするのだが上手くいかない。

「ご、ごめん。そ、その、入れるところがわかんないから……そ、その……も、もうちょっと大きく脚を開いてもらえる？」

「……も、もう」

仕方なく煉華が自ら膝を抱え、黒のハイソックスを履いたままの両脚をM字に大きく開いてくれた。

再び縦筋一本に向けてペニスを突き立てていくのだが――つるん、つるるん。

上手くいかない。

焦る気持ちが悪いのか、そもそもセックスの仕方が間違っているのか。

何しろ全てが初めての童貞である。頭の中にある性交の知識は全てモザイクかボカシのあるもので、肝心なところは知らないのだ。

「もう、いつまでグズグスしてるのよ。それじゃあ、これでどう」

たまりかねた煉華が両手を自分の股間に向かわせ、M字開脚をしたまま中指で高く盛り上がった大陰唇を左右いっぱいに開いてくれた。

くぱぁ、とたっぷりと滴る愛液によって透明な糸を引きながら、桃色の牝粘膜が露出する。性に関して無知な処女の行為は、愚直なだけにその大胆さと卑猥さに遠慮がない。

――エ、エロすぎる……。

悠斗は再び鼻血を噴き出しそうになり、慌てて片手で鼻先を押さえた。ギリギリで踏み止まった若い血潮は小柄な肉体に循環し、男根はマックスまで膨張してペチンと音が鳴るほど強く自らの腹を叩いた。

「ちょっ……は、早くしなさいよ」

さすがに自分のしているポーズのエロティックさに気付いたのか、煉華が耳の先まで真っ赤にして行為をせかしてくる。悠斗は慌てて身を乗り出し、ビクビクとヘソに密着し続けているペニスを掴んで下に向けた。

見るからに弾力のありそうな、桃色の小陰唇が折り重なっている中心に、僅かに色素の濃い窪みが見える。そこがたぶん女の入り口だろう。自分が入れようとしていた牝裂の中心よりも随分下のほうだった。煉華は俗に言う『下つき』なのかもしれない。

悠斗は真っ赤に充血した亀頭をそこに合わせる。

ぐぷっ。

先端が牝肉の中に僅かに侵入した直後、煉華の両脚がビクンと大きく宙を掻いた。

「だ、大丈夫？」

「あ、当たり前よ……。アンタのちっちゃいのなんて……っくっ……ぜ、全然へイキなんだから……ふっふぁ……さっさと全部、わたしの中に、い、入れちゃい、な、なさ、い」

セリフの内容とは裏腹に煉華の口調も乱れがちだ。いつも強気にランランと輝いている青い瞳は涙で濡れたように艶っぽく潤み、凛々しく引き結ばれている唇は小さく開いて、あうあう、と甘い吐息を繰り返している。

いくら悠斗が鈍感でも彼女がヤセ我慢をしていることは察せられた。

しかし、下手に気を遣ったりすれば、今度はどんな無茶を言いだすかわからない。プライドを傷つけられるのが何より嫌いなお嬢さまなのだ。

悠斗だって、ここまできてセックスを途中で止めることなどできそうにない。

「う、うん。わかった。それじゃ遠慮なく……っくうぅ」

それでも細心の注意を払い、細い肉路を男根で掻き分けるようにして、慎重に腰を突き出していく。ミチミチと性器同士の結合を深めていくのに合わせて、幼馴染みが「くぅぅっっっ」と歯を食いしばり、きつく背中を握り締めてくる。

「す、すごいよ煉華ちゃんの中……むちゃくちゃ狭くてキツイのに、奥のほうまでヌルヌルしてて、オチンチンが勝手に吸い込まれていくみたい」

肉先で感じる温かな愉悦に頬をプルプルと震わせながら、初めて女の子と一つになる快感を率直に口にする。その言葉通り、吸い込まれるようにペニスが前に進んでいく。

「ば、ばか。は、恥ずかしいこと言うんじゃないわよ——んはぁっ！」

ヌルヌルのトロトロで湿り気百パーセントな蜜壺内で、何かがパンと弾ける乾いた衝撃が走った。直後、煉華が全身を弓なりに仰け反らせる。

ハッとして二人の結合部を見ると、破瓜の印が紅の筋となって流れ出していた。

「つふぁ——ああっ、とうとうわたし……悠斗と……」

見下ろす幼馴染みの目尻に、大粒の涙が浮かんでいた。

びっくりする。煉華の涙を見るなんて、いったいいつ以来だろうか。

身体を繋げたまま、数瞬唖然としていたら本人も自分の涙に気付いたようだ。

「こ、これは……その初めてだったから、その痛さでポロっと出ちゃっただけだからね。か、かか勘違いするんじゃないわよ」

そして再びプイッと横を向く。

言われるまでもなく、破瓜の痛みのための涙だと思ったのだが、煉華はいったい何と勘違いするなと言ったのだろうか。

「わ、私にこんなに痛い思いをさせたんだから、一発で種付けを成功させなきゃ許さないからね」

——一発で……って……。

先ほどの『くぱぁ』と同様、愚直に行為を促す言動がどれほど男の獣心を刺激するのか、この世間知らずなお嬢さまはわかっていない。

今にも暴発しそうな悠斗は改めて下半身を引き締める。

確実に煉華を孕ませるとなると、やっぱりできるだけ奥でイクのがいいんだろうな、と性知識の乏しい童貞少年は考えた。

腰を勢いよく振ったらすぐにイッてしまいそうなので、下半身ごと慎重に前進させながら、まずは入るところまで腰を深く押し込んでいく。

「ああっ、そ、そんなふうにされたらっ、っふぁ！　んんっ！　っっんはあぁぁっ……」

肉先が食い込んでいくたびに、煉華は背中をよじらせるようにして、女体を上へと逃がしていく。

「ちょっ、だめだよ、ふぁぁ、煉華ちゃん。う、動かないで」

「そ、そんなっ、っふぁぁ、こと、っっッ、い、言われてもぉ――んはぁっ！」

いつもは強気な意思表示としてツンと反らされる細い顎が、白い喉を剥き出しにするような官能的な反り方をする。

その瞳は涙の残滓でたっぷりと潤み、見ているこちらが庇護欲を刺激されてしまうほど可愛らしい。こんな煉華を見るのは、まだ小学生になる前の幼い頃以来だ。自分の腹の下でヒクヒクと官能に身悶える幼馴染みの艶姿に、少年の瞳が血走っていく。

「お、奥まで……煉華ちゃんの一番深いところまで入っていくからね」

お嬢さまに上半身を覆いかぶせると、両手で彼女の両肩をがっちりと掴み、絶対に上には逃げられないようにする。

そうしてから、改めて身体ごと腰を前に突き出していく。

温かな肉悦の泥濘《でいねい》に最も敏感な生殖器官を丸ごと沈めていく快感に、頬の震えが止まらない。華奢な肩を握り潰しそうなほど無意識に力を込めてしまう。

「っああっ……は、入ってくる……悠斗がっ、わ、私のお腹の奥までっ……あっっ……」

対して背中を掴む煉華の力み具合はそれ以上だ。

わざとじゃないだろうが、背中に爪が立てられて制服をガリガリと引っ掻かれる。

お互いの上半身をきつく握り締めあいながら、小振りなペニスの根元までガッチリと幼馴染みの中に埋め込んだ。

「っふぁあぁぁ……」

なんとか暴発せずに一仕事を終えると、無意識に息ませていた全身から力が抜けて、思わず深い溜め息が漏れる。

——や、やばい……。こんなの、き、気持ちよすぎるよぉ。

気を抜くと、すぐにイッてしまう状況に変わりはない。

己のペニスを煉華のヴァギナに馴染ませるためにも、ここで一旦動きを止める。悠斗はそうして初結合の余韻をたっぷりと味わう。対して煉華の身体からもロストバージンの衝撃が薄れ始め、極端なまでの息みが消えていく。

気持ちが落ち着いてくると、ただただ圧倒的な肉悦だけを伝えてきたペニスが、その詳細を感知し始める。

——こ、これが……煉華ちゃんの……。

膣襞とは少し違う弾力が、肉先に触れるか触れないかしている感覚がある。

悠斗は自らの尻を引き締めるようにして、クッション代わりの大陰唇をさらに押し潰し、ペニスを意識してさらに奥へと突き出した。

ツン、と肉先がその膣襞とは別の弾力——子宮の入り口に当たる。直後、煉華が「ああんっ」と鼻にかかったような喘ぎ声を漏らした。いつも強気のお嬢さまは、自分の声のあまりの甘さに驚いたのか、ハッとして声を呑み込むように下唇を噛み締める。

「と、届いてるよね。今、僕のが……煉華ちゃんの一番奥に」

「そ、そんなっ……こ、こと……いちいち聞くんじゃ、な、ないわよ——あはぁんっ」

いつもの上から口調を復活させようとした幼馴染みを、再度、腰を突き出すことで甘く鳴かせる。悠斗の背中を掴んでいた彼女の指が、悩ましげな力の籠り方に変化していく。

少なくとも結合当初のように身体を上に逃がすようなことはなさそうだ。そう判断し、悠斗は握り締めっぱなしだった両肩を放し、己の上半身を持ち上げた。

並べた机の上で繋がったまま、改めて煉華を見下ろす。

サラサラ赤毛のロングヘアが広がり、まるで背中で炎が燃えているように煉華の周りを彩っている。制服を着たままでもわかるほど、幼馴染みの女体はヒクンヒクンと突発的で官能的な痙攣を繰り返していた。

「も、もう……痛くないよね？」

悠斗の問いに、たっぷりと躊躇した後にコクッと小さく顎を引くお嬢さま。

それは決して強がりではない。

悠斗がそう確信できるほど、こちらを細目で見上げている青い瞳は甘く潤んでいる。

少年は慎重に、へこっ、と腰を動かした。

「んはぁっ⁉」

煉華が凄まじいレスポンスで鋭い声を上げたが、その声色は快感の色を濃く滲ませていた。眉間に寄っている深い縦皺も、決して痛みのためではない。

「つ、続けるよ」

相手の返事を聞く前に、身体が勝手に動いていた。

――っくぁ……。な、なにこれっ……き、気持ちよすぎて頭がヘンになりそうだよ！

ロストバージンしたばかりできつく引き締まっている膣内を、大量の愛液にまみれながら往復する快感に、たまらず両目をつぶって奥歯を噛み締める。

はぁはぁ、と息を整えてから再び探るように腰を突く。

「んはっ！　んんっふぁ……。ゆ、悠斗の……す、すごいっ……お、おなかの中がっ、奥のほうから……ッッ！　か、掻き回されてるみたいっ……っっっっ！」

無駄に喘がないようにしている煉華の声は、語尾が糸を引くような震え方をしている。

「れ、煉華ちゃんの中も……、すごいよ……。ッッ……凄すぎるぅ……」

小柄な身体の中で荒れ狂う嵐のような思春期の性欲に、何度も腰をもっていかれそうになる。そのたびに理性を振り絞り慎重に腰を動かし続けた。眉間に突き抜けるような快感が膣襞たちの摩擦で弾けては動きを止めて、射精の衝動が去るのを待つ。

そんなことを何度も繰り返すねちっこいセックスを続け、なんとかこの行為に慣れ始めてから、改めて閉じ続けていた瞼を開けた。

たぷッ。たぷッ。たぷたぷたぷッ。

直後、少年の網膜に灼きついたのは、豊かな胸の動きである。

もっとダイナミックに揺れるべきところを、キツめの服を着ているために途中で弾みが戻ってきている。そのため本来、大きく動くことによって発散されるべき運動エネルギーが、豊かな盛り上がりの中で反射し、小気味よい肉の揺れとなっていた。類い稀な巨乳がピチピチの服に押し込まれているからこその光景に、悠斗は釘付けになる。

もっともっと、この小高い柔肉の盛り上がりをエロティックに揺するためにも、ヘコヘコと腰を突き続けた。

「っ、っふぁ……ゆ、ゆぅ、とぉ……はあんっ、っふあぁあぁぁん」

いくらへっぴり腰とはいえ、一定のペースで責められ続けば、さすがの煉華も派手に喘がずにはいられないようだ。鋭利な美貌が桃色に染め上がり、何より小さく開いた口元から漏れる、艶やかな声の響きがたまらない。肉体的な快感だけではなく視覚や聴覚も刺激され、少年の理性の箍《たが》が外れていく。

ズンッ、ずんッ、ずずンッッ！

すぐにイカないように慎重に振っていた腰の動きが徐々に大きくなっていく。今までの蜜壷を揺するような短い動きではなく、長く力強いストロークで幼馴染みを貫き始めた。

──き、気持ちいいよぉ。気持ちよすぎて腰の動きが止まんないよぉ。

みっちりと詰まった濡れ肉の中をヌル──ッと長く突き進んでいく感覚がたまらない。

「んはぁぁっ。ず。ずんっ、て。ズンって届いている。わ、わたしの一番奥に、あ、赤ちゃんができるところに、ゆ、悠斗がズンズンって届いているうぅぅっ」

肉先が子宮孔にチョンチョンと当たるたび、煉華は身体の内側に電流でも流されたように、ビクビクと女体を痙攣させた。それは明らかな官能の震えだ。

「き、気持ちいい？　ぼ、僕とのセックス気持ちいいの？」

初体験の少年としては、聞かずにはいられない質問だった。自分がこんなに気持ちいいのだから、相手にも同じような快感を一緒に味わっていてもらいたい。

対してロストバージンしたばかりの少女は、顔を真っ赤にしてプイッと横を向く。

「ば、ばかぁ。そ、そんな恥ずかしいこと、ああんっ！　聞くんじゃないわよぉ」

自分を注意するお嬢さまの口調にも、もういつものようなキレやトゲが微塵もない。甘い喘ぎ声混じりに罵られ、逆に興奮してしまう。

「ぼ、僕はメチャクチャ気持ちいいよ。煉華ちゃんの中、気持ちよくってたまんないよ」

少年の素直な告白に、少女の顔がますます赤くなる。それでも口から出てくるのは、同意の言葉ではなく憎まれ口だった。
「あ、赤ちゃんを、つ、つくるために、ンはぁっ！　っっ、し、シテるんっ、だから、あ
あっンっ！　き、気持ちいいとかは、ど、どうでもいいの、よっ、っくふぁああっ！」
決して素直にならない幼馴染みに対して、悠斗はわざと深く腰を突き入れた。子宮を肉
先で何度も突き上げる。そのたびに鋭い喘ぎ声を上げるお嬢さま。どれだけ口で取り繕っ
ても、彼女が感じているのは明らかだった。
「ああんっ！　こ、声がでちゃうっ！　ち、違うんだからねっ！　ンはぁっ！　こ、これ
は感じてるからじゃ、なくってっ、くふぁ！　か、勝手に声が出ちゃってるだけなんだか
らね、はアアんっ！　か、勘違いするんじゃないわよぉおっ！」
その勝手に声が出ちゃうことこそが、感じている何よりの証明なのではないだろうか。
これほどの反応を見せてもまだ口では意地を張り、それが自ら墓穴を掘っていることに気
付いていないお嬢さまのウブさが、少年の限界を早めさせた。
「ご、ごめん、僕っ……も、もう我慢できなくなってきたっ！」
一定のペースで交わっていた腰の動きが、一気に加速する。獣染《けものじ》みた突入で煉華の女体
を遮二無二《しゃにむに》貫く。
「も、もうイキそうっ！　ああっ、もうイッちゃいそうっ！」
「んはぁあっ！　イ、イクってなんなのよ！　こんなときにいきなりドコにいくっていう

のよぉぉっ！」

そんなことも知らないで『孕ませろ』だの『種付けしろ』だの言っていたのか。

「イクってのは赤ちゃんの種がオチンチンから出ることだよっ！　僕が煉華ちゃんに、た、種付けするって意味だよおぉぉぉっ！」

「わ、わかったわ！　それならいいわよっ！　むしろさっさとイキなさい！」

射精直前の激しい動きに合わせて、制服に包まれたままの乳房がダプダプと細波《さざなみ》を打つように揺れ始める。対して制服のめくれたウエストは、薄く盛り上がっている腹筋層をビクビクと官能的に痙攣させていた。

自分がこのまま中出し、狙い通りに妊娠すれば、この細いウエストがぽっこりと膨れることになる。目の前で自分の性欲を激しく掻き立てるために揺れているバストも、その本来の目的に使われることになる。

「は、孕ませちゃうからねっ！　煉華ちゃんのこのくびれたウエストを、僕のザーメンでぽっこりさせちゃうからねぇぇぇっ！　このでっかいおっぱいから、ミルクが出るようにしちゃうからねぇぇぇえっ！」

「ああンっ、そうよっ！　孕ませるのよっ！　わたしのなかに、あかちゃんのたねをいっぱいだしなさいぃぃいぃっ！」

「ああっ、いくっ！　イクぅぅうぅっ！」

叫ぶと同時に深く腰を突き入れた。限界まで膨張したペニスの先端を、ぐっぷりと子宮の入り口に密着させ悠斗は全身を息ませる。

どりゅン！　どぎゅドプッ！　どりゅドプどぷンっ！

膣襞にきつく引き絞られている男根内を、灼熱のザーメンが貫くように駆け抜けていく。なんて解放感なんだ。これが中出しのもたらす肉悦か。

気持ちよすぎて脳味噌が精液に溶けて出ていくような恍惚感である。自慰によって行う射精とは、比べものにならないエクスタシーだった。

「あああンっ⁉　で、でてるっ！　悠斗のオチンチンから熱いのがいっぱいドクドク出てるうぅぅっ　ああっ！　なにか来るっ！　わたしもおヘソの奥からなにかくるぅっ！」

子宮の奥にザーメンが直撃するのと同調して、煉華もビクンビクンと顎を仰け反らせながら絶叫する。

「それがイクってヤツだよ煉華ちゃんっ！　イッて！　煉華ちゃんも一緒にイこう！」

昂りきった性欲を、幼馴染みの中にドプドプと注ぎ込みながら叫んだ。

お嬢さまの瞳が見開かれる。自分の身に今起ころうとしているモノの正体を瞬時に悟ったようだ。直後にギュッと瞳を閉じて力いっぱい悠斗にしがみついてくる。

「ああんっ、ああっ、い、ぃくうっ、ッッッ——イッちゃううぅぅぅぅぅっっ！」

ビクビクビクビクビクっ！

煉華の絶頂具合も尋常ではなかった。

淫らに宙を漕いでいた両脚がビクンと硬直し、こちらの腰を太腿で挟む。セックス中も常にM字で開脚していた左右の脚が、それぞれレの字を逆さまにした形になり、黒のハイソックスに包まれた指先が限界まで丸め込まれる。ヴァギナの内側は膣壁ごと蠢《うごめ》く収縮を繰り返し、長く射精を続けるペニスにさらなる射精を促してくる。

「っふぁ……あああっ、ふぁぁ……」

少年は長い射精を終えると、全身から力が抜けてトサッと煉華の上に覆いかぶさった。

行為中、常に悠斗の性欲を刺激し続けた豊かな胸がクッションとなり、心地よく身体を受け止めてくれる。

対して煉華の絶頂はまだ続いているようで、ビクッビクッと突発的で鋭い痙攣を繰り返していた。悠斗は女体の痙攣が収まるまで、うっとりと彼女の上で余韻に浸っていた。

「今ので赤ちゃんできたわよね？」

最初に口を開いたのは煉華だった。

凄まじかったエクスタシーの嵐がやっと去り、顔は今でもほっこりと赤く上気しているが、口調はほぼ通常時のものに戻っている。

「い、いや……これぱっかりはなんとも……」

「えっ？　でも、こんなに凄く……そ、そのイッたのよ？　……今、以上にイかなきゃい

けないなら…………わ、私、頭がどうかなっちゃうかも……」

悠斗は煉華と身体を重ねたままキョトンとした。世間知らずなお嬢さまは、どうやら絶頂感の大小で妊娠するかどうかが決まると勘違いしているらしい。

——んっ？　ひ、ひょっとして……。

イクとはなんだ、と尋ねられ『赤ちゃんの種が出ること』だと説明した。そして彼女が絶頂する寸前に『それがイクってことだよ』と口走った気がする。

何しろ相手は性に極端に無知なお嬢さまだ。自分の説明を繋げて考えると、煉華の勘違いに到達することに気付いて、たらりと嫌な汗が頬を伝った。

「え、えーと……。とにかくデキてるといいね。僕たちの赤ちゃん」

本当のことを説明したら、また理不尽に怒られる気がしてしょうがない。

とにかくこの場は、たははははっ、と笑ってごまかす悠斗だった。

第三章　種付指導　女教師の子作りレッスン♥

「さ、さてと。それじゃあ僕たちもそろそろ帰ろうか」

悠斗はベッド代わりにした机から降りると、横になったままの煉華に手を差し伸べた。

お嬢さまはその手を掴んで身体を起こし、乱れた衣服を直し始める。

ぽけーっ、とした顔で見つめていたら何故だかムッと睨まれて、少年は慌てて顔を横向けた。それでも何故だか彼女のことが気になって、顔を横に向けたままチラチラと横目で身繕いをする幼馴染みを窺ってしまう。

──なんだか……煉華ちゃんが今までと違って見えるぞ……。

彼女を抱いたためなのか、処女を捨てた女性の色香なのか。

今まで幼馴染みとしてしか見ていなかった煉華を、遅ればせながら異性として意識し始めてしまったようだ。

「いつまでそんな格好でグズグズしてるのよ」

彼女は行為中、ショーツを脱いだだけの制服姿だったため身繕いはすぐに終わった。

対して悠斗は下半身丸裸だ。慌てて脱ぎ捨てたトランクスを手に取ると、なんだか気恥ずかしくなって幼馴染みに背中を向けた。

なんなんだろうこれ。胸の奥が妙にソワソワして、それでいてポカポカと温かく、さらに煉華のことを考えると……。

――お、おかしいな……。緊張してるわけでもないのにこんなにドキドキしてる。

悠斗がトランクスに片足を入れたまま首を傾げ、自分の身に起こっている不思議な現象の正体に思いを巡らせようとした、そのとき――カチン。

金属的な甲高い音が響いたと思った直後、がらり、と教室の出入り口が開いた。

入ってきたのは担任ののどか先生である。

「えっ⁉　う、うそっ⁉」

悠斗はびっくりしすぎて頭の中が真っ白になった。

そのためトランクスに片足を突っ込んだままバランスを崩し――。

「あテッ⁉」

コケた。

フルチン状態で尻もちをつき、その痛みで涙をちょちょ切らせながら女教師を見上げる。

「で、でも、さっきちゃんと鍵をかけたハズなのに、ど、どうやって……」

「こんな原始的なロック、鍵のうちに入りません」

対して小柄な女教師は、いつもと変わらぬおっとりした物腰でにっこりと微笑む。

――ヤバい！　ヤバすぎるよこのシチュは！

鍵のかかった密室で若い男女が二人っきり。

隣の煉華はすでにちゃんとした制服姿だが、自分は下半身丸出しだ。

今までここでどんなことが行われていたか誰の目にも明らかだった。たとえやましいことをしていなくても、この状況を担任教師に見つかって罰せられなければ嘘である。

しかも今回の場合、現実にこれ以上ないほど『やましい』ことをしたばかりだ。

「あっ、あの、こ、これは、そのッッ」

悠斗は尻もちをついたまま、さらに慌てた。

片足を突っ込んだままのトランクスをあたふたと穿こうとするのだが、極度の動揺で脚が絡み上手くいかない。股間を閉じたり開いたりの不様なストリップ状態に陥る。

対して煉華はいつものように腕組みをしてツンと顔を横に逸らしていた。

そんな対照的な生徒二人にお構いなく、のどか先生は改めてカチンと出入り口の鍵をかけ直す。そしておもむろにツカツカと近づき、人差し指を一本こちらに突き立てて、

「メッ」

と口を尖らせた。

「ご、ごごごめんなさいっ！　あ、あの僕のせいなんですっ！　ぼ、僕が煉華ちゃんを、そ、その無理矢理押し倒して、あの、その、ごめんなさいっ！」

悠斗は尻もち状態からジタバタと身体を反転させ、なんとか床に両手をつくと女教師に

向かって土下座した。

とにかくなんとしても煉華のことを守らなくちゃいけない。

これも彼女を抱いたためなのか、頭で深く考える前に身体が勝手に動いていた。

しかし、女教師の視線は必死で弁明をする男子生徒に向いていない。

「鍵穴からずっと見てたけど、今のはなんなの煉華さん。ただ横になって、あとは全部男の子任せなんて。そんなことじゃ立派なレディーになれませんよ」

「そ、そんなのしょうがないじゃない。初めてだったんだから」

煉華も改めてツンと顎を反らしたまま慌てたところがない。声が少し上擦っているのは、動揺のためではなく恥ずかしさの表れのようだ。

——あ、あれ？　……な、なんで先生に怒られないんだ？

悠斗は土下座の姿勢のまま恐る恐る顔を上げ、まるで仲のいい姉妹のような会話をしている二人をしばし呆然と見上げた。

「初めてなのは多々良くんも一緒でしょ～。何事も二人で頑張らないとぉ」

「赤ちゃんを産むのは私なんだから、最初の種付けぐらい男が頑張るのは当然よ」

「あらあら～」

二人の会話が途切れたとき、思いきって口を開く。

「……あ、あの～。さ、紗桜先生って、煉華ちゃんと——じゃなくって、その、あの……

と、轟乃宮さんと、どんな関係なんですか？」

男子生徒の素朴な問いに、女教師は小首を傾げながらお嬢さまに視線を向ける。

「あらー？　まだ私のこと、多々良くんに話してなかったの？」

「なんで悠斗にそんなこと話さなきゃなんないのよ」

煉華の答えにのどかは肩を竦め、そしてこちらに向き直った。

「君にだけは全部、話しておいたほうがいろいろとやりやすいと思うから言っちゃうね。私は煉華さんに雇われてる、煉華さん専属のボディーガードなの」

「ふえっ？」

——せ、せんせいが……ぼ、ぼでぃがぁど？

フィクションの世界ではよく聞くが、現実で見るのはこれがもちろん初めてだ。

「えええぇぇぇえぇぇぇぇぇっ！」

こんなおっとりしている小柄な女性がまさか、と思ったが、すぐに彼女が只者ではないことを思い出す。この小柄な身体でありながら、運動部のゴツイ男子たちを片手でやすやすと捻り上げ、ゴール板が震えるほどの豪快なダンクシュートを決める人なのだ。

日常生活の中で彼女のようなお嬢さまを守るなら、こののどか先生のようなルックスのほうが、何かと有利なのかもしれない。

「最初は歳をごまかして、学生として同級生になろうと思ったんだけどねぇ」

――せ、せんせいが……どうきゅうせい……。

女ボディーガードの話はさらに続いた。

彼女が長くアメリカにいたというのは本当で、なんでも軍の特殊部隊にいたという。それが、女性専用のボディーガードとして高給でシークレットサービスに引き抜かれ、さらに高給で腕を見込んだ煉華に引き抜かれたということだ。

「あ、あの……それじゃぁ……あの……先生は轟乃宮家の……」

まずいぞ。

ただの担任教師ではなく轟乃宮家に雇われているボディーガードに、煉華とのことが知られてしまったのだ。並の処罰で済まないことは確実である。

何しろただでさえ大切な一人娘なのに、今は結婚が控えている。

その煉華を自分は傷モノにしてしまったのだ。

ぶっちゃけ、殺される、と思った。

しかものどか先生の場合、にっこりと微笑みながらでっかい拳銃を取り出して、平気で引き金を引きそうだ。

そのギャップこそが、いかにもこの人らしい。

――そうか……。僕……ここで死ぬのか……。

ここまでの短い人生を振り返る。

頭に浮かんでくるのは、煉華との思い出ばかりだ。

我儘なお嬢さまに振り回されっぱなしのひどい青春だと思っていたが、今思えば全てがいい思い出である。もし彼女と出会っていなければ、平凡なつまらない人生だったと思う。

そして最後に煉華とエッチもできた。

思い残すことはたくさんあったけど、一番の気がかりを口にする。

「わ、わかりました……あ、あの……ぼ、ぼぼぼ僕は、そ、その、こ、こここ殺されても構いません。で、でも、もし煉華ちゃんとの間に赤ちゃんができてたら……あ、あの、その子の命だけは……ど、どうか僕の命に免じて助けてあげてください」

悠斗は床に額を擦りつけ、文字通り土下座をして哀願した。

そんな男子生徒の行動に、二人の女性はキョトンとし、直後、女教師が「あははは」と爆笑する。

「何を言い始めるのよ多々良くん。私の雇い主は煉華さんよ。さっきも言ったでしょ。煉華さんがこの学校に入学するには、腕の確かなボディーガードをつけるのが条件だったって。繰り返しになるけど、そこで彼女が選んだのがシークレットサービス時代に担当したことがあったこの私、ってこと」

専属ボディーガードとしての高額な給料も、煉華が全額、貯金を切り崩して賄《まかな》っているという。つまり彼女は百パーセントこちら側の人間——煉華の味方だということだ。

ならば自分が殺されることも、煉華とのことで学校から停学などの処分を受ける心配もなさそうだ。

悠斗はホッとしすぎて正座の状態にもかかわらず腰が砕け、踵《かかと》に乗せていたお尻がズリ下がり、再びペタンと床に尻もちをついてしまった。

「で、でも、なんでそこまでして、煉華ちゃんはこの学校に入ろうって思ったの？」

素朴な疑問だった。その問いに、再びのどかがキョトンとする。

「た、多々良くんって頭のイイ子だと思ってたんだけど、そうでもないみたいねぇ」

「ただ鈍いだけよ。ほんっっっっっとうに鈍感なんだから」

煉華が何故だか怒ったようにそう吐き捨てた。

対してのどかはホトホト呆れたという顔で口を開く。

「十年も連続で一人の女の子と同じクラスになるなんて、田舎の一クラスしかないような学校以外で、普通、ありえると思う？」

のどかがそう質問してきた際、煉華は顎を横に逸らしすぎて、顔が真後ろを向いているものの耳が真っ赤になっていた。

対して悠斗は腕を組んで小首を傾げる。

「……はぁ。まあ、確かに物凄い確率ではありますけど、現実に僕と煉華ちゃんがそーなんですから、偶然って凄いですよね」

まさか煉華が自分と同じクラスになるために、何がしかの工作をしていたとでもいうのだろうか。

ないない。それはない。そもそもそーするための理由がない。

と、そこまで考えて赤くなってる煉華の横顔を見てハッとする。

「えっ⁉　ま、まさか……」

確かに偶然の一言で簡単に片づけられない確率ではある。となると――。

「運命の赤い糸とか⁉」

悠斗の出した結論にのどかは、大きく両目と口を丸くした。

そして数瞬、自分と見つめあった後に眼鏡の奥の瞳が悪戯《いたずら》っぽい光を宿す。

「う――ん。私もこの子のこと気に入っちゃった。あはっ。それじゃあ今は二人の先生として、赤ちゃん作りの特別授業をしちゃおうかな」

のどかは大きな眼鏡をクイッと中指で持ち上げてから、芝居がかった動作でビシッと女子生徒を指差した。

「さっきも注意したけども問題は煉華さんよ。多々良くんは一生懸命してるのに、煉華さんは全部相手任せなんだもの。今時のレディーは秘め事の作法も一通り嗜《たしな》んでおくものよ。だから特別に先生がエッチの仕方を教えてあげちゃいます。今からお手本を見せてあげるから、煉華さんはよぉぉぉぉく見ておくように」

「ちょっ、そんな！」

赤毛を逆立てる若い主人に対し、女ボディーガードがにっこりと微笑む。

「なあに？　煉華さんは自分だけ気持ちいい思いをして、多々良くんが喜べなくってもいいのぉ？」

「うぐっ、そ、それは……」

何やらよくわからない理由で、あの煉華を黙らせてから女教師が悠斗に向かってきた。

「それじゃあ、今からお手本を見せてあげるからね。煉華さんはツンデレちゃんなんだから、デレるときのためにしっかりと見て覚えておくのよ」

のどか先生が、スーツの上着をゆっくりと脱ぎながら近づいてくる。

「あ、あの……えっと……ぼ、僕の意思は……」

「なあに？　先生とエッチなことするの嫌なの？」

「えっと、それはその……」

若い男の子として嫌ではないが、この状況が問題だった。このまま煉華の前でのどか先生と淫らなことをしたら、後で何を言われるかわからない。しかし躊躇しているこちらにお構いなく、女教師はすでに自分の目の前にしゃがみ込んでいた。

「多々良くんも、さっきみたいな自分の性欲を暴走させるだけのエッチじゃだめよぉ。あんなにエッチな身体をしてる癖に、ウブで敏感な煉華さんが相手だったから上手くいっただけなんだから」

　のどかがまさに噛んで含めるようにそう語る。これが英語の文法の説明なら納得もするのだが、女教師の手はチョークではなく男子生徒の太腿に向かって伸びていた。

「エッチな気持ちを暴走させてそのまま相手にぶつけるのも、それはそれでソソられるけど、もっと大切なことは相手をエッチな気分にさせること。まずはペッティングよ」

　こちらの顔を見つめながら、ゆっくりと太腿に掌を這わせ始める。

ただ単に撫でているわけではない。

触るか、触らないかというギリギリの力加減で股間付近をサワサワと撫でてくるのだ。

「ふわぁっ」

　突然始まった保健の実習授業に思わず気の抜けた声が漏れた。それは背筋にさらなる肉悦を求める衝動がムズムズと走ったためである。

　くすぐったい感覚のすぐそばに、どうやら官能の種は埋め込まれているらしい。

　それを知り尽くしている女教師の掌が巧みに動き、僅かな愉悦の細波がどんどん加算されていく。いつしか悠斗の頬は赤らみ、ハアハア、と切ない吐息を漏らし始めていた。

　のどかの手は服を着たままの上半身にまで及び、制服を脱がせ、カッターシャツのボタンが外されていく。

　贅肉のないスマートな少年の上半身が現れると、女ボディーガードはパチンと雇い主の少女にウインクしてから白い指を這わせ始めた。脇腹から胸にかけて、決してムキムキではないしなやかな男の筋肉を、若い肌の上からなぞるように撫でていく。その手つきは悠斗を感じさせるためだけではなく、彼女自身が楽しんでいるようでもあった。

「何よ、悠斗。撫でられてるだけなのに、顔が真っ赤よ」

煉華が口を尖らせながら、不機嫌そうにそう指摘してくる。

「っ……な、なんだか……くすぐったいというか……へ、変な感じなんだよぉ」

口から漏れる吐息は甘く上擦り、さらなる愛撫を求めるような声色だ。

しかし女教師の指先は、こちらの首筋からヘソ周りに至るまで、上半身のほとんどを這い回るのだが、唯一、胸にある二つの突起だけは避けていた。

絶妙な愛撫によって塗り重ねられた性感のコーティング。それが乳首だけ避けられているために、なんだかそこだけが異様にムズムズし始めた。

「もう、悠斗ったら。ヘンな声出しながらモノ欲しそうな顔をしちゃって」

煉華は軽く眉間に皺を寄せ、相変わらず唇を尖らせムッとした表情をしている。しかし顔を赤らめたその瞳には興味深そうな光が見え隠れしていた。

「うふふっ。多々良くんも、随分感じやすい体質みたいね。——えいっ」

のどかの指はたっぷりと焦らしてから、狙いすましたように乳首をピンと撫でた。まるで肉悦の電気でも走ったような快感がそこから迸り、

「はあんっ」

待ちわびた責めに思わず女の子のような声が漏れてしまう。

目の前では煉華がさらにムッとした顔をして、悠斗は顔を真っ赤にして俯いた。

恥ずかしくってしょうがない。

「わかった？　最初っからおっぱいを揉みまくるよりも、こうやって全身を愛撫してからトドメにしたほうがずっと感じるでしょ？」

どうやら初体験の際に、煉華の胸だけ執拗に揉み続けていたことを言っているようだ。

悠斗は、こっくり、と頷くしかない。

「それじゃあ、次はキスの仕方よ」

ソッとこちらの頬に片手を添えると、ゆっくりと女教師の顔が近づいてくる。

「ほら、そんなに目を大きく開いてないで、ゆっくりと閉じなさい」

のどかは自分の言葉通り、近づいてくるに従って徐々に瞼を伏せていく。

悠斗もそれに合わせてゆっくりと目を細めた。

——煉華ちゃんも、随分熱心に先生のテクニックを見てるな……。

消えそうになる視界の隅では、赤毛の幼馴染みが唇をへの字にして波立たせ、まるで怒ったような鋭い視線でこちらを見つめていた。

ちゅっ、と二人目のキス。やはり瑞々《みずみず》しい柔らかさは格別だ。

唇という特別に敏感な部分を触れあわせる行為は、セックスのような強烈な快感とは種類の違う、じわっと胸の奥に染み込むような気持ちよさを生み出す。

「いーい？　今から大人のキスを教えてあげるわよ」

しかし女教師によるキス指導はここからが本番だった。ほんの僅か唇を離し彼女がそう囁いた直後、口内に唾液にぬめる肉片が滑り込んできた——舌だ。

「ッッ～～んんっっ——ッッッ！」

己の味覚器官を他人の舌に絡みつかれ、眉間に突き抜けるような快感が走る。

悠斗は思わず閉じていた瞳を丸く見開いた。対して顔を斜めにした女教師は、唇を深く嵌めあわせさらに奥までヌルつく肉片を差し込んでくる。

——す、凄い、先生の舌……。何これ。舌を絡めるのってこんなに気持ちいいの⁉

唇を軽く重ねるだけのキスとはまるで別物だ。ディープな肉悦に強張る味覚器官を、小さいながらもよく動く女教師の舌が絡みついて離さない。舌の付け根から唾液を塗り込み、ヌルヌルと這い戻っては舌先をねちっこく包み込んでくる。

「んんんっ……っふぁ。ほら、多々良くんも……んんっ、舌を動かして」

そう甘く囁かれ、驚きに固まっていた舌が動きだす。

あまりに新鮮で、気持ちよすぎるディープキスの味に興奮しガムシャラに舌が踊る。それを落ち着かせるように女教師の舌がさらに巧みに絡みついてきた。

ヌるんっ、ぬるるゥ、ぬくるるるゥ。

舌と舌が重なりあうと、その長さや面積に比例した肉悦が電極同士を触れあわせたようにバチバチと発生する。

いつしか意識は相手の舌に集中し、夢中で動きを合わせることになる。

「んふぁ。舌だけじゃなくって、こっちも気持ちいいのよぉ――んんっ」

のどかの舌が、今度は唇の裏側をなぞるように歯茎までも舐めてくる。そのこめかみが震えるようなむず痒い快感に、少年の意識が蕩けていく。

――ああっ。せ、先生……。紗桜先生っ……。

興奮した男子生徒が舌を絡めにいこうとすると、ひょいっ、と交わしてからかうように口蓋や頬の裏側を舐めてくる。それでいてこちらがディープキスを諦めると、自ら味覚器官を絡めつかせて唇まで使って舌を吸い上げてきた。

おっとりしているようでいて、やんちゃなところがある彼女らしいキスである。自分を翻弄し続ける女教師の舌を悠斗は夢中で追いかけ、そして改めてたっぷりと絡めあわせた。

「っぷふぁ……。だいたいキスは覚えたみたいね」

何度もお互いの唾液を塗りつけあった舌がそう囁いた。対して悠斗の口腔粘膜は、濃密だったディープキスの余韻でジンジンと痺れが残っている。

「いつまでもぽーっとしてないで、次は服を脱がしてみなさい」

今度は腕を取られ、おぼつかない手つきで女教師の服を脱がしていく。白のカッターシャツのボタンを外すと、その下からはパープルレースのブラが現れた。

悠斗は慎重に両手を相手の背中に回しブラのホックも外す。

「うわぁ」

先ほどの煉華との初体験では、制服を着たままセックスしたため、生で女性の胸を見るのはこれが初めてだ。

女肉の象徴は形よくふっくらと盛り上がり、まるで白磁器の皿を伏せているような見た目である。それでいてサクランボのような乳首の鮮やかな色彩が目に眩しい。

「ほら。ただ観てないで触ってみなさい」

言われるまま直《じか》に小振りな乳房を掴む。

その丸い膨らみを触ると、煉華のような厚みのある柔らかさとは違う、プリッと弾けるような感触が掌を押し返してきた。これはこれで気持ちいい。先ほど教えられた愛撫の仕方も忘れ、夢中でモミモミと揉みしだいてしまう。

「もう、多々良くんってば、本当におっぱいが好きなのねぇ」

のどかにそう指摘されるまで、自分が異様に鼻息荒く彼女の胸を揉みしだいていたことに気付かなかった。

「それじゃあ、多々良くんがおっぱいに気を取られないように、こんな格好でしよっか」

女教師が並べた机の上で文字通り横になる。横で見ていた煉華に身体の正面を見せるようにして、左の脇腹を下にしている姿勢だ。

「多々良くん。それじゃあ、後ろからずっぷりブチ込んでみてごらんなさい。ほーら。これで上手く入れられれば、どんな体位でもちゃんとハメられるわよ」

巧みな愛撫に、初体験のディープキスとナマ乳揉み——ここまで青い性欲を煽られて、火がつかない思春期男子がいるだろうか。

悠斗は言われるまま机に上がり、女教師の後ろに寄り添うように横になった。彼女の指示に従い片足を持ち上げて、開かせた股間に向けてペニスを突き出す。

何しろ男根がミニサイズのために、しっかりと相手の背中に密着しないと上手くいかない。するとアップにまとめられた栗色の髪の香りなのか、甘く濃密な匂いに包まれる。

「せ、先生っ……ホ、ホントに入れちゃいますからね」

ペニスの先は見えないなりに探り当てた彼女の入り口を捉えている。亀頭で感じる温かなヌルつきは、彼女が男を受け入れる状態になっていることの証《あかし》だ。

「もう。そーいうこと、こーいうときに女の子にイチイチ聞いたりしないの」

『女の子』の部分にひっかかりを感じたが、それこそこんなときにソコを突っ込むのはタブーだということは悠斗でもわかる。そして、こんなときに突っ込む場所は一つしかない。

「ふ、ふーん。シ、シちゃうんだ……。ふーん。べ、別にいいんだけどね。わ、私は別に。

さっきので赤ちゃんできてれば、あとは悠斗が誰と何しようとカンケーないし……」

横では煉華がやけに早口で『私は別にいいんだけどね』と繰り返している。

――よ、よし！　煉華ちゃんがいいって言うなら、心おきなくヤッちゃうよ！

あの驚異的な運動能力を発揮するとは思えない小さな肩を握り締め、己の腰に角度をつけてペニスを華芯に突き出していった――ずぬっぷっ、ずるるるるっ。

煉華と同じように中は狭いが感触はかなり違う。内側の牝肉がこなれていて膣壁の動きがとてもしなやかだ。ペニスを手で握り締められるようなギチギチ感はない。

ヌるるるっ、とスムーズに肉棒が中に入っていく。

「んはぁっ」

のどかが初めて自分の意思でコントロールできていない声を漏らした。その声は意外と、と言っては失礼だがとても大人びていて、少なくとも先ほどの煉華のような鼻にかかったような甘い声ではない。

大人の女性とエッチをしてるんだ、という実感が悠斗の鼻息を荒くさせる。

「ふわわわっ、せ、先生っっッッ――さ、紗桜せんせえええっっ！」

背中から片手を伸ばし前の乳房を鷲掴む。そうして相手の小柄な身体を逃がさないように抱き締めて「先生、先生」と連呼しながら腰を突く。

腰を引けば膣襞たちが牡肉を逃がさないように優しく吸いつき、突き入れればまるで喜ぶように淫らにくねる。それに合わせて「あんっ、あんっ」と籠ったような喘ぎ声が聞こえてきて、さらに動きが加速する。目の前ではアップにまとめられた栗毛がふわっふわっ、と淫らに揺れて、さらに濃く優しい匂いに包まれる。

「はあンっ。先生、って言いながらスルのが、ンはぁッ、すっごく興奮するんでしょぉ」

のどかには全て見透かされていた。上から窘《たしな》めるようでいて、その優しい口調には性欲に狂う年下の少年をからかうような響きが籠っていた。

この人なら、自分の全てを受け入れてくれる。

ある意味、若い男子が年上の女性に一番求める思いをのどかは感じさせてくれた。そんな相手とのセックスに興奮しないわけがない。

「せ、先生！　先生っ！　紗桜せんせぃぃいっ！」

しかしこの体位では、肝心の相手の顔を見ることができない。

悠斗は乳房を掴んでいた手をのどかの肩に持ち替え、身体をさらに密着させる。そして空いているもう片手で後ろから、相手の顔をこちらに向けさせた。

——うわぁぁ。せ、先生が、すっごく可愛く見えるぅ……。

頬が僅かに桃色に染まり、小さな口は半開きになって喘いでいた。何より悠斗の視線を吸い寄せたのは、眼鏡の奥にある大きな瞳だ。いつも通り泰然とした余裕を漂わせながらも、ほんのりと潤み、とても色っぽい。

官能的すぎる女教師の表情が、悠斗にだって備わっている獣性を激しく刺激した。この瞳を初体験のときの煉華のように、肉悦でギュッと閉じさせたいと牡の本能が叫びだす。

ぐちゅ、パチュ、ぬぷずルっ、ずぱぱぱはぱン！

のどかを後ろから抱き締めて至近距離で見つめあいながら、激しく腰を突き上げた。折り重なる膣襞を掻き分けて、深く牝肉と交わる快感が何度も眉間まで突き抜けて、こちらのほうが先に切羽詰まった顔になってしまう。

「うふふふっ。いけない子」

そんな男子生徒に対し、女教師はどこまでも泰然としていた。

瞳をすぅっと細めたのもセックスのもたらす快感によってではなく、興奮しきったこちらの態度に対してのようだ。そして唇から出てきたのは甘い喘ぎ声ではなく、薄桃色の肉片だった。それがまさに悠斗の目の前でペロリと舌舐めずりをする。

極上の獲物を見つけた肉食獣のようなその仕草と表情に、まだまだ子供な悠斗が思わず魅入ってしまったその直後――ムちゅう！

腹を空かせた野獣が獲物に噛みつくように唇を重ねられた。

すぐに相手の味覚器官が差し込まれたが、こちらの舌も負けてはいない。

二枚の肉片はきつく折り重なる唇の境界線でカチ合った。先ほど教えられたディープキスの作法など忘れガムシャラに舌を絡ませる。

それにのどかのほうが動きを合わせてくれた。踊り狂う男子生徒の味覚器官を女教師の舌が巧みに捉え、ヌチャヌチャと粘っこい音を漏らしながら濃密に絡ませあう。

「あはっ。凄い興奮しちゃってるわねぇ――んんんっ。んむちゅぅ」

濃密なディープキスによって練り上げられた欲情が、腰の動きを加速させる。

粘液まみれになりながら、お互いの粘膜を擦りつけあう行為が何しろ気持ちいい。舌だけではなく、牡牝の性器もガッチリと噛みあわせてその愉悦を貪りまくった。

なんの隔《へだ》てもない性粘膜の結合によって、相手の脈動までもトクトクと亀頭に伝わってくる。今、この女性とひとつになっているのだと、自分と違う鼓動のリズムが実感させる。

「んはぁ。も、もう少し、オチンチンの先っちょに意識を込めて、先生のお腹の中をグチャグチャに掻き回すようにしてごらんなさい――んはぁあっ！」

言われるまま腰を捻るようにして、腹の中を掻き回すように男根を突く。

力を込めて突起状の膣襞たちを磨り潰すように腰を振ると、きつく抱き締めているのどかの身体がビクンと悠斗の腕の中で弓なりになった。

「そ、そうよ。そんな感じ……んはぁ。やっぱり多々良くんってばカンのいい子ねぇ」

二人の肉がぶつかりあう音。それに伴い机のガタつく音。のどかの漏らす喘ぎ声。

教室では本来奏でられてはいけない音が淫らなハーモニーとなり、少年の聴覚までも刺激する。ヴァギナに埋めた肉棒を8の字に掻き回す横方向の動きから、激情に任せた縦一本の突入へと変化していく。

「ンッ、ふはぁッッ。い、いいっ、んんっふぁっ！　イイわよおおっ！」

のどかの言動から余裕がなくなり始めた。眼鏡の奥の大きな瞳が細くなり、小さな唇が何度もОの字に開かれて、艶やかな喘ぎ声を絞り出す。小柄ながらも超高性能な運動能力を誇る女体がビクビクと愉悦に痙攣しだす。

自分が紗桜先生を感じさせている。大人の女性を喘がせている。

その実感が少年の動きをより大胆にさせた。

小柄なのどかの身体は自分が思いっきり腰を突くと、前に移動しそうになる。

胸を、肩を、しっかりと握り締めそれを防ぎ性欲の赴くまま肉悦の坩堝《るつぼ》にペニスを突き入れる。しかし二人とも側面を机に乗せているため、動きに多少の鈍さが伴った。女教師の尻と、男子生徒の腰がぶつかりあう音が、ばぷばぷ、とキレのないものとなる。加えて姿勢の不安定さも否めない。

「あ、あのっ。ち、ちょっと身体を動かしますよ」

悠斗はそう断ると横にしていた上半身を起こし、持ち上げるようにしていたのどかの片足を肩に乗せる体位へと切り替えた。

正常位で相手の片足を跨ぎ、もう片足をこちらが抱えているような体位である。

これなら好きなペースで腰を突き出すことができる。

「ああん。ちゃんと中に入れたまま、こんなにスムーズに体位を変えられるなんて、なかなかエッチのセンスがあるわよぉ――っふああんっ！　あんっ！」

己の腰の重さをそのまま相手の股間に叩き落とすようなセックスに、さすがののどかも大きく顎を反らした。無論、動きを激しくすることにより、悠斗にもたらされる肉悦の密度も跳ね上がる。

――ああっ。気持ちいいっ！　先生とのセックスもやっぱり気持ちいいっ！

腰を引くたび肉カリが蜜壁に引っかかり性粘膜をめくり返そうとする。腰を突き入れるたび、剛直しきった肉槍が女教師の入り口から最深部までを荒々しく磨り潰す。その狭間では愛液が激しく空気と混じりあい、まるでよく練った水飴のように白く粘る。

ヴァギナの中ではペニスが限界まで筋張り、陰嚢が引き締まり始めていた。

いくら先ほどイッたばかりでも悠斗は若い。しかもこれがまだ二度目のセックスだ。

アッという間に限界が近づいてきた。

さすがにのどか先生相手に中出しはマズイ。

いくら興奮していても、まだそう考えられるだけの理性は残っていた。悠斗はこのまま最後まで蜜壺の中に留《とど》まっていたい欲望を振り払い、男根を引き抜こうとする。しかし。

「だーめっ――はあんっ、おっふあぁっ……こ、このまま中に出しちゃいなさい」

身体を離そうとする少年の後頭部を掴み、斜めになっている両脚も器用に絡みつかせ、女教師が離れることを防いでくる。

「そ、そんな、ちょっ、せ、先生！　ぼ、僕っも、もうホントにギリギリでっ！」

悠斗が切羽詰まった状況を説明すればするほど、女教師はそれを面白がるようにしがみついてくる。いくらそれを振りほどこうとしても相手は凄腕のボディーガード。文字通り、寝技の攻防で自分のような格闘技の素人《しろうと》に遅れを取るわけがない。

「も、もう、ダメッ。イ、イッちゃううっ！」

腰の奥で渦巻く欲情の昂りが限界に達し、今にも弾ける寸前――。

「だ、ダメよっ！」

それまで隣で二人の行為を見ていた煉華が、ここに来て口を開いた。顔を真っ赤にして、自分のボディーガードに抗議をする。

「た、種付けの練習までなら許すけど、本当に悠斗が種付けしていいのは私だけよ！」

先ほどの『悠斗が誰と何しようとカンケーないし』発言と、激しく矛盾するセリフに女教師は「あら、まあ」と口をぱっかり開けた。そして合点がいったようににっこりと笑う。

「そーいえば、これ、煉華さんにエッチの仕方を教える課外授業だったわね。それじゃあ多々良くんは、煉華さんのお口に出しなさい」

「ふえええっ!?」

「ちょっ、い、嫌よそんなの！」

「このまま多々良くんが私の中にどぷどぷ出しちゃってもいいの？　ああんっ、そーいえばぁ、ザーメンを飲めば飲むほど、赤ちゃんができやすくなるのよぉ」

むちゃくちゃな理由を口走りながら、まるで柔術の選手のように巧みに脚を絡めて悠斗の逃亡を防ぎ腰を振ってくる。

「だ、だめだって、う、動かないで。も、もう、ほんとにらめええっ！」

上になっているにもかかわらず、悠斗はまるで関節技を決められたプロレスラーのように髪を振り乱して射精を耐えていた。その様子に煉華がリアクションに困って珍しくオロオロしている。

「ほら。早く」

女教師が女子生徒の制服を掴むと、ぐいっ、と自分の腹の上に彼女の頭を引き寄せた。

最初は驚きのためか、すぐにそこから顔を離そうとした煉華も、数秒後には目を丸くして自ら耳を押しつけた。

「す、すごい……お腹の中から悠斗が動いているグチュグチュした音が聞こえてくる…」

その唖然とした呟きが、さらに少年の興奮を煽った。

「ああぁっ、い、イッちゃうっ！」

腰が激しく動き、二人の結合部分から愛液が飛び散る。それがのどかの下腹に顔を乗せた、煉華のもとまでピチャピチャと届いていた。

「ああん。いいわよっ！　そのまま抜いて煉華さんのお口の中にぶちまけなさい！　ほら煉華さんっ！　あーんっよ！　あ――んってお口を開けるのよぉっ！」

「……ッッッ！」

躊躇のためかお嬢さまの瞳が激しく左右に動いている。

「ああっ、もう、ホントに限界っ、もうイクっ！　イッちゃううっ！」

しかし、こちらの切羽詰まった様子に、

「ああんっ、もうっ！　わ、わかったわよ！　これも赤ちゃんのためっ！　し、仕方なくなんだからね！」

幼馴染みは顔を真っ赤にして叫ぶと、んあっ、と大きく口を開けた。先ほど女教師が口走った『精液を飲めば妊娠しやすくなる』という大嘘をどうやら信じてしまったようだ。

いつも凛々しく引き結ばれている煉華の口が、餌をねだる雛鳥のように開かれている。見開いた瞳に、美しく並んだ白い歯と、唾液に濡れる口腔粘膜のピンク色が強烈に灼きつく。喉チンコまで見えるそのエロティックな光景こそが、射精のトリガーを引き絞る。

「ああっ！　あああああっ！」

最後のギリギリまで女教師の中でセックスの快感を味わい尽くすと、少年は凄まじい勢いでペニスを引き抜いた。愛液まみれの肉棒を掴んだのは、扱《しご》くためではなくイカないように握り締めるため。こんなシチュエーションを目の前に用意されて、ただの射精で済ますことなどあり得ない。

——あと少しっっ！

腰を浮かし、女教師の腹上に顔を乗せている幼馴染みの口に向かって肉先を突き出す。のどかのヴァギナから煉華の口にペニスを移動させるまで、一秒とかからなかった。真っ赤に充血した亀頭が、幼馴染みの舌の上に乗ったと思った瞬間、ギリギリで踏ん張っていた肉欲のダムが決壊する。

ドギュどりゅッどぷぷッッ！　ドリュどぷぷぷっ！

ザーメンを弾き出すたびに、肉先に迸る灼熱の放出感。我慢に我慢を重ねた欲情の排泄は、身震いするほどの肉悦で少年の全身を貫いた。

悠斗はだらしなく口を半開きにして涎を垂らし、男に生まれた悦びに耽溺《たんでき》する。いまだ鮮明に残像が残っている煉華の喉チンコ目がけてザーメンを放ち続けた。

「んんッッッ！　ッッ！　つんんんんっっ！」

対して煉華は驚きに目を丸くしながらも、口内にぶちまかれる肉汁を吐き出すことなく、全て受け止めてくれていた。唇を自らキュッと絞り、一滴残らず溢《こぼ》さないようにしようという意思が感じられる。プライドの高いお嬢さまのその積極さが、少年の脈動をさらに活発にさせた。

「はふぁ……っ……っくふぁ……」

悠斗は本日二発目とは思えないほど長い射精を終えると、深い溜め息をついた。

己の下半身を改めて見下ろすと、ペニスの先をぱっくりと咥え、眉間から頬にかけてをフルフルと震わせている幼馴染みの顔が見える。

先ほどファーストキスをしたばかりで、フェラチオの経験すらないその口の中には、今たっぷりと自分のザーメンが溜まっているのだ。

「……も、もう、全部出したよ」

上目遣いの瞳が『終わったの？』と問いかけているような気がしてそう口にした。

煉華は数回瞬きしてから、ちゅぽん、と肉先を口から抜いた。彼女はそのまま下唇を軽く噛み、眉を八の字にしたままソッと瞳を閉じる。

悠斗だけではなくのどかまでも息を止めて、そんなお嬢さまを見つめた。

こっくん、こくくんっ。

細い首筋が二回大きく上下する。

彼女が今、自分の吐き出したばかりのザーメンを飲んだ証である。

「っ……っぷふぁ。……思ったより随分と量が多かったわね。つまり、さっきもこんなにいっぱい、私の中に出したってことよね」

お嬢さまは意外と冷静に口内射精の感想を口にした。

「味とかどうだったぁ？」

セックス直後でほっこりしている女教師が気だるげに問いかける。

「まるで煮詰めたヨーグルトみたいなドロっとしたカンジで、味はすっごくニガかった。

――ふふっ。でも良薬口に苦しともいうし、これで確実に赤ちゃんができたわね」

煉華は勝ち誇るように横髪を払いながら、清々《すがすが》しいまでの笑顔を見せる。

どうやら完全に『精液を飲めば赤ちゃんができる』という、先ほどのどかが口走ったデタラメを信じているようだ。

男子生徒と女教師は思わず顔を見合わせた。

「多々良くんも相当ニブイ子だと思ったけど……私のご主人さまも相当ねぇ」

そう言ってのどかも朗らかに笑うのだが、悠斗だけは笑えない。

――今の嘘がバレたとき……絶対、僕にとばっちりがくる気がする……。

そう思い、心の底から煉華の妊娠を願う悠斗だった。

第四章　女装潜入　ボテるためなら女湯でもするわよ！

日曜日。悠斗は煉華に呼び出されて家を出た。そして——。

「この大嘘つき！」

自分の顔を見るなり、幼馴染みがその炎のような赤毛を逆立てて怒鳴ってくる。

「ひぇぇっ⁉　あ、ああのっ、ご、ごめんない！　…………で、でも何が？」

「この前のことよ！」

話を詳しく聞くと、どうやら赤ちゃんができるメカニズムを一般常識レベルで知ったらしい。『イケばイクほど赤ちゃんができやすい』や『ザーメンを飲めばできやすい』などといったことが大ウソだということを知ったようだ。

まるで悠斗がそれで煉華を騙して彼女を手籠《てご》めにでもしたかのようなテンションで、暫く詰《なじ》られ続けた。

「こうなったら私を慰み者にした罪滅ぼしとして、私が孕むまでずっと赤ちゃん作りに協力しなさい！」

「……な、慰み者って……、って、え？　あ、赤ちゃん作りに協力？」

悠斗がポカンとした顔をした直後、車が一台、立ち話をしていた二人の前に止まった。

「お待たせ～」

運転席から顔を出したのは、二人の担任教師にして実は煉華のボディーガード――紗桜のどか先生だった。

「二人とも後ろに乗ってね～。先生がいいとこ連れてってあげるからぁ」

なんだが嫌な予感がする。

「あ、あの……いったいどこに……」

と行き先を尋ねかけたのだが、ギン、と煉華に凄い視線で睨まれて慌てて口をつぐむ。

続けて車の後部座席をツイと顎をしゃくられては、それにも従わざるを得なかった。

煉華と共に後部座席に座ると、のどかが車を発進させる。

鼻歌混じりにハンドルを握っている女教師に比べ、隣の幼馴染みは一度で妊娠しなかったことがよほど不満なのか、終始むっつりしていた。

「あ、あの……残念だったね……その……赤ちゃんできなくって……」

「前回、受胎に失敗したのは状況がよくなかったせいよ。だから今日は最高の環境でばっちり種付けを決めるわよ」

「……さ、最高の環境って……」

いったいどこに連れていかれるのだろう。

「だからアンタも今から意識を集中させて、コンディションを整えておきなさい」

「……は、はぁ」

まるでスポーツの試合前のようなことを言われてしまう。

悠斗はポリポリと頭を掻き、改めて『どこに連れていかれるんだろう』と小首を傾げた。

※

「ふん。ここがそうなの」

車から降りながら、偉そうに腕組みをして煉華が見上げているのは老舗《しにせ》の温泉旅館だった。入り口の造りは年代物の木材を使った純和風だが、建物自体はなかなか近代的である。予約をしていたのどかがフロントで受付を済ませ、三人はさっそく中に入った。

「ふわー。こんな高そうなところに来るの、僕初めてだよ」

煉華の荷物を持ちながら、田舎から都会に初めて出てきたお上りさんのように、館内をキョロキョロと眺めてしまう。

通路は和紙で作られた灯籠《とうろう》の淡い光で照らされ、そこかしこに掛け軸や屏風が飾られている。落ち着いた風合いの壺に、華やかな生花が活けられていたりして、いかにもな高級感が漂っていた。

なんでもこの温泉。大昔、不妊に悩んでいた奥方衆が、ここで湯治をするたびに子供を授かったという伝説が残っており、子宝の湯として有名なのだそうだ。

のどか曰《いわ》く、ここここそが『日本で最高に種付けに適した場所』だという。

その女教師は旅館の凝った内装や飾りを見ては、ワンダフル、ビューティフル、エクセレント、と嬉しそうにはしゃいだ歓声を上げている。

――先生が、日本の温泉旅館に来たかっただけじゃないだろうなぁ。

何しろアメリカでの生活が長かったと聞く。

しかし子宝の湯で有名なことは本当のようで、受付にあったパンフレットにデカデカとそう謳われていた。

悠斗たち三人は一旦荷物を部屋に置き、さっそく目的の温泉に向かった。

入り口にある説明書きには、浮世絵調のタッチで描かれたやんごとなき感じの男女二人が、寄り添いながら温泉に浸かっているイラストが描かれていた。

煉華がその絵を見ながら、ふむっ、と一つ頷く。

「つまり、この温泉に浸かりながら種付けするのが一番効果的ってことね。わかったわ。さっそく、二人で中に入るわよ」

「ち、ちちちち、ちょっと待ってよ。ほらほら」

襟首掴まれて中に引きずり込まれそうになり、少年は慌てて温泉の入り口を指差した。

そこには青と赤の暖簾《のれん》がかけられて、それぞれ『男湯』『女湯』と書かれていた。無論、その先の入り口は分かれている。

「なんなのよこれは。こんなイラスト描いといて混浴はないの！」

そんなこと自分に言われてもどうしようもない。

「ふん。なら今から、今日一日、この旅館を貸しきってくるわ！」

それなら文句もないでしょ、と煉華は鼻息荒く再びフロントに向かっていった。

※

「ふわー。これすっごく美味しいねぇ」

悠斗は今、口にしたばかりの小鉢料理に目を丸くした。それは甘辛く煮てある卵の黄身のような一品で、ねっちりとした歯応えに濃厚な旨みを伴っていた。

「これって鳥の卵かなぁ？」

生徒の疑問に答えたのは、浴衣姿で向かいに座っている栗毛の女教師だ。

「それ、鶏のキンカンね。まー、つまりは卵巣――卵の卵っていったところよ。スーパーでも冷凍モノがたまに出回ってるみたいだけど、これは地鶏を締めてすぐの新鮮なものでしょうねぇ。サバイバル訓練のときに食べた味だわぁ」

「……へ、へー」

さすが子宝の湯を売りにする旅館。いかにも『精のつきそうな』料理である。他にもスッポン鍋にウナギの白焼きナド、メニューのコンセプトに統一感が感じられた。味も申し分ない。どの料理もとても美味しく、さすが老舗旅館で出される夕食だと悠斗は感心していた。

しかし煉華だけは不機嫌そうに口を尖らせて箸《はし》を持とうともしない。

先ほど旅館のフロントと全室貸切の交渉をしたのだが、あっさりと断られてしまったためだ。最初は冗談だと思っていた相手も、煉華の名前が『轟乃宮』だと知ると彼女が本気だということに気付いたようだった。

丁寧に、それでいて断固とした態度で断られた。すでに宿泊しているお客さまもたくさんいるし、今後も年単位で予約がずっと埋まっている、とその理由ももっともだった。

「せっかくこんな山奥まで来たのに……、これじゃぁ、なんのために来たのかわからないじゃない」

子宝の湯で有名な温泉に、自分と一緒に入れなくってとても不機嫌なのだ。

「……こうなったら、旅館丸ごと買収してやろうかしら」

ボソと呟いた一言が、冗談ではなく本気なだけに悠斗としても箸が止まってしまう。

「機嫌を直してよ、煉華さん」

そんなお嬢さまに対し、女ボディーガードがおっとりと微笑んだ。

「そんなに多々良くんと温泉でエッチがしたいのなら、私にいい考えがあるわよぉ」

のどかはおっとりと微笑むと、その笑顔を悠斗に向けてきた。そして笑みの形で糸のように細くなっている目がキラリと光り、僅かに唇の端を釣り上げる。

「多々良くんって、本当に可愛い男の子よねぇ～」

何故だか猛烈に嫌な予感がして、少年はびくっと身体を震わせた。

※

「ちょっ、こ、こんなの、やっぱり……」

温泉の入り口まで連れてこられた悠斗は、クルリと百八十度回転し部屋に戻ろうとした。

しかし浴衣《ゆかた》を後ろからガシッと掴まれて、ロングヘアに隠れた両耳に左右から囁かれる。

「今更何を言ってるの、ユウコちゃん」

「みんなで一緒に露天風呂に入るのよ」

少年は引きずられるようにして『女湯』と書かれた赤い暖簾をくぐらされた。

そうなのだ。悠斗は今ロングヘアのカツラを被り、唇にほんのりと紅を引く薄化粧をして、女装をさせられていた。

無論、目的は『子宝の湯』で煉華に『種付け』をするためだ。

「ほらほら、そんなふうに変にオドオドしてるほうがバレちゃうわよぉ」

「アンタの場合、見た目はどっちかっていうとコッチ寄りなんだから、もっと自信を持ちなさいよ」

そんな自信持ちたくない。とにかく散々《さんざん》な言われようだ。

しかし、確かに彼女たちの言う通り、幼い頃からずっと今まで女顔だとからかわれ続けた容姿である。先ほど部屋の姿見で見た自分の姿は誰がどう見ても女の子で、アリかナシかでいえばアリだった。

それでも自分は男である。

ついているものはついているし、ついてないものはついてない。

そして風呂場というのは、ついてるついてないがハッキリする場所である。

「ッッッ！」

脱衣場に入ると同時に、サッと視線を自分の足元に落とした。

下着姿やヌードの女性がチラッと視界に入りかけたためだ。

悠斗は二人に身体を挟まれるようにして、脱衣場の一番隅に移動した。

そして足元にドカっとカゴを置かれる。

「ユウコちゃん。それじゃあさっそく、浴衣をヌギヌギしましょうね〜」

のどかの言動は、この状況を楽しんでいるようにしか思えない。

——ああっ、バ、バレたらどうしょぉ〜。

悠斗は先ほど部屋で女教師に無理矢理つけさせられたブラジャーを外すと、サッと胸元をタオルで隠した。

続いて、やはりのどかから渡された白のパンティに手をかける。

いくら自分のモノが小さくても、さすがに女物下着ではキツキツだ。勃起しているわけでもないのにモッコリと前が盛り上がり、中身がはみ出そうになっていた。

悠斗はチラリと周りを伺ってから、それを一気に脱いで滑稽なほど慌てて前を隠す。

下着が脚を通るときツルリとした自分の脛《すね》が視界に入り、なんだか悲しい気分になってしまった。最近、やっと男らしく生えてきた僅かな脛毛を、つい先ほど全て剃り落とされてしまっていたからだ。

「さて。それじゃあ、いきましょうか」

煉華とのどかも脱衣は終わったようだ。

二人とも一応タオルで身体の前を隠しているが、堂々と胸を張るようにして歩いていく。対して自分は情けないほどの内股で猫背気味。力むほどタオルを握り込み、胸元から股間にかけての全てをしっかりと隠して二人についていく。

——わっ、わわわっ⁉　は、はだ、裸ッッ⁉

立ち上る湯気の向こうに、いろんな女性のヌードがおぼろげに見える。煉華ほどのプロポーションの持ち主は他にいないだろうが、そういう問題ではない。悪いことをしているという意識が生真面目な少年の心臓を極限までバクバクと高鳴らせた。そして——。

ぷぱっ。

鼻血を噴き出してしまった。

「アンタ、いくらなんでもノボせるには早すぎるわよ」

「だ、だってぇ～」

とにかくまともに前を向けない。脱衣場に入ったときと同様に、慌てて自分の足元に視線を落とす。

「しょうがないわねえ。それじゃぁあ、先生が手を引いてあげる」

悠斗はタオルを片手で自分の胸元にしっかりと押さえつけたまま、もう片手を女教師に引いてもらうことになった。

——ぬわっ⁉

今度は自分の身体を見て飛び上がりそうになる。胸元を隠すように身体に押しつけているタオルの下——股間を覆っている部分が、ぴこっ、と元気よく持ち上がっていることに、このとき初めて気付いたからだ。

悠斗は慌ててその突起を押さえようとしたのだが、片手は先生、片手はタオルで空きがない。結果、不自然なまでに内股になり腰を引いて前に進むことになった。そんな自分のナヨナヨした歩き方は、この三人の中である意味一番女の子らしく見えたかもしれない。

それでもなんとか、手を引かれ露天風呂の手前まで辿り着く。

たった数メートル歩くだけで少年はクタクタになっていた。

「は～い。それじゃぁあ、かけ湯をするからタオルを外してね～」

「ふえっ⁉　で、でもぉ……」

「悠斗。アンタ、この私も入るお風呂に、汚いまま浸かる気じゃないでしょうね？」

「……うっ、ううぅ……」

あの人マナーがなってない、と下手に注目を集めてしまっても困る。悠斗はタオルを外すと同時にしゃがみ込み、桶《おけ》を掴んで急いでお湯を身体にかけた。極端に内股にした股間にも湯をかけて、片手を突っ込みしっかりと綺麗にする。

「ほーんと、ユウコちゃんはお肌が綺麗ねえ。体格もスマートで、腰もしっかりクビレてるし羨ましいわぁ」

それはそれで男の子として思うところもあったが、何事にも時と場合がある。今回だけは自分が女の子扱いされるようなルックスに感謝する。

……いや。こんな見た目だからこそ、そんな目にあってるとも言えるのか……。

深く考えても落ち込むだけだった。

「ふーん。これが子宝の湯、か。ホントに効き目はあるんでしょうね」

「それは実践してのお楽しみよぉ。ほら、あの辺りがいいんじゃない？」

広い露天風呂に入ると、三人は奥のほうに移動することにした。

そこには大きな岩があり、いい具合に物陰になっている。

悠斗はまさに隠れるように、その岩の裏に回った。

「はふぅ……」

とりあえず視界から女性の裸がなくなり、思わず安堵の溜め息をつく。

「さてさて、それじゃ、今からが本番よぉ」

そうだった。

今回、自分が女装をしてまで女湯に入ってきたのは、ノゾキをするためではなく、ましてや無駄にドキドキするためでもない。『子宝の湯』で子作りをするためだった。

向かいには悠斗と同じように胸元をタオルで隠し、湯に浸かっている幼馴染み。

「人が近づいてくるか見ててあげるから、あとは若い二人でヤッちゃいなさい」

女教師はそれだけ言うと、教え子の二人を残し岩陰の外に行ってしまった。

「…………」「…………」

残された二人は顔を赤くしたまま暫く無言で見つめあう。

「……ア、アンタがお湯から出ると、いろいろとマズイだろうから、……私のほうからしてあげるわよ」

煉華が立ち上がり、胸元を隠していたタオルをどけた。温泉に浸かったままそれを見上げるしかない悠斗は思わず息を呑む。

――ス、スゴっ……。

細い首筋や引き締まった二の腕とは対照的に、圧倒的な質感で盛り上がっている二つの膨らみ。その大迫力に、悠斗は両目を丸くして魅入ってしまう。

真っ白な柔肉の中心にある二つの突起は、そのビッグサイズバストの頂点とは思えないほど小振りだった。淡い桜色のエリアを含めても指先二本で隠れてしまいそうである。乳肌は見るからにきめ細かくピチピチに張り詰め、まとわりつく温泉の湯を珠のようにして弾いていた。

初体験のときは彼女は終始制服姿だったため、思えば煉華の生バストを見るのはこれが初めてだ。温泉の中の男根はそれだけでビキビキに剛直してしまった。

「……何よ。またノボせたって言うんじゃないでしょうね？」

顔を赤くしてボーッと彼女の裸体を見上げていると、そんなことを言われてしまった。

悠斗はブンブンと顔を左右に振る。煉華は自分のバストがどれほど魅惑的で、男の思考や行動を一旦停止させるほどの魅力を湛えているのか自覚していないらしい。

「それじゃあサッサと、私を濡らしなさい」

当たり前のように命令された内容に、悠斗は再び唖然とする。

前回に比べ、ある程度一般的な性知識を得たようだが、まだまだ基礎的な部分で欠けたところがあるようだ。初体験時の説明が悪かったのか、女性が濡れるには男からの責めが必要だと勘違いしているらしい。

——ま、まあ、それでも問題はないか……。

こんな状況で余計をことを説明している暇もないので、悠斗はコクコクと頷いた。温泉に胸元まで浸かったままスイーッと彼女の股間に顔を寄せていく。

「ふわぁー」

上半身の大人顔負けな発育具合に比べると、やはり股間は幼さが勝っている。

それでも一度はセックスを経験したためだろうか。前回、ぴっちりと閉じていた牝の入り口から、まだ何もしていないのに桃色の粘膜がほんの僅かだけのぞいていた。満開には程遠いが、蕾だった牝華が微かに綻び始めている。

──よ、よーし。それじゃあ……。

悠斗も前回は傷つけるのが怖くて口しか使わなかったが、今回は指を伸ばしてみた。

「っはあンっ」

ちょん、と指先が大陰唇に触れただけで、煉華が敏感な声を漏らす。

悠斗はドキッとして手を引っ込めた。さすがのお嬢さまもこの状況で、喘ぎ声を漏らすのはまずいと思ったのか、ハッと口元を片手で覆う。

温泉で立っている少女と、その股間に顔を埋めている少年は、目を見開いて見つめあった。そして周りがこちらの異変に気付いていない様子に、二人同時にホッと溜め息をつく。

悠斗は指を一本立てて、その先をピコピコと動かした。

対して煉華は頬を桜色に染めたままコクッと頷く。

『指でするよ？』のジェスチャーに『わかったわよ』と応えたのだ。

そんな共犯者めいた無言のやり取りの後、再び彼女の秘部に指を伸ばした。今度はツンと触れても煉華が声を漏らすことはない。ぷっくりと膨れた肉畝が、思ったよりもプニプニしている感触を暫く指先で堪能する。

——よし。それじゃぁ……。

悠斗だって若い男の子。二人経験しただけで、まだまだ女性器には興味津々である。もっとよく仕組みを知りたいという欲求が強い。

さらに指先で盛り上がりを押さえて左右に大きく開いてみた。

ほとんど抵抗感なくぱっくりと開き、剥き出しになる牝粘膜。

——ほんと……綺麗な桃色してるよなぁ。

ごっくんと大きく生唾を飲み込んで、見るだけではなく触れてみる。

左右で僅かに形の違う桃色の小陰唇をソッとなぞり、その上にある小さな突起の皮を剥くように撫でてみた。こちらの指の動きに合わせてヒクヒクと個別に反応する小陰唇。まるで電流の流れるスイッチのように、触れるだけで全身がビクビクと痙攣するクリトリス。

そんな敏感すぎるヴァギナの反応に、少年の指にも熱が籠っていく。

「っ……っくふっ……んっ、っふん……」

好奇心の赴くまま女性器を弄《いじ》る行為が、そのまま巧みな愛撫となっていた。

温泉の湯気でもともと水っぽかった牝華に、粘っこい潤みが加わり始める。

「も、もういいみたいだね」

確認の言葉に、煉華は口元を片手で押さえたままコクッと頷く。

「……そ、それじゃあ、さっそく……は、始めよっか」

悠斗が温泉の中にある段差に腰かけ、さてどうしよう、と考えていたら、煉華がなんの迷いもなくこちらの股間を跨いできた。世間知らずなお嬢さまは、こちら方面の知識に欠けたところがあるだけに妙に積極的なところがある。

悠斗は片手でペニスの向きを調整しながら、もう片手で煉華のくびれたウエストを掴み、腰を落とす位置を調整した。

むちゅ、と亀頭が柔らかな肉畝に密着した感覚。お湯の中のため浮力が作用し、あまり力を使わずに上手く女体を導くことができたようだ。

——オチンチンが吸い込まれるみたいに、ぬぷぬぷ埋まっていく感覚がたまんない。

温泉の中から彼女の中へと入っていくのだが、肉棒の芯まで染み込むような熱気は特別だ。ペニスを絞る膣襞の密着力も、水圧などとは比較にならない。対して煉華は下唇を強く噛み、全身をプルプルと震わせながら腰を最後まで落としてくる。

「んんっ……ッッ——くはぁ……っつくふぁ、ゆ、悠斗と一緒に……っっ……あ、熱いお湯まで、あはぁ……お、奥に入ってきて——あンッッ！」

二人の腰が密着すると、煉華が思いのほか鋭く大きな声を上げた。

悠斗の心臓が再び緊張でドキッと跳ねる。

上目遣いで幼馴染みを見上げると、彼女は瞳を閉じて軽く口を開け、はぁはぁ、と息を乱していた。とても余裕があるように見えない。このまま行為を続ければ先ほど以上の喘ぎ声が漏れることは確実だ。

「れ、煉華ちゃん……こ、声出さないようにね」

思わず念を押す少年に、お嬢さまがムッとする。

「わ、わかってるわよ。悠斗のクセに私にいちいち命令するんじゃないの」

「め、命令じゃないよぉ。お願いなんだよぉ。ねっ。お願い、煉華ちゃん。ぼく、こんなところで他の人に見つかっちゃったらただじゃ済まないんだから」

上目遣いで必死で懇願する。

自分では見えないが、ひょっとしたら涙目になっていたかもしれない。

「ふ、ふん。仕方ないわね。シテる間はちゃんと口を閉じててあげるわよ。……その代わり、たっぷりと中に精液を出して、今度こそ確実に私を孕ませるのよ」

命令されてそうできるなら苦労はないが、とにかくココは頷く一手だ。

「うん。わかった、いっぱいいっぱい煉華ちゃんの中に出すから、だから煉華ちゃんは喘ぎ声が出ないように頑張って。ねっ」

「だからわかってるって言ってるでしょ。ほら、さっさと始めなさい」

煉華はツンと顎を反らすと、唇を尖らせるようにしてキュッと閉じた。少年はお湯に浸かっている幼馴染みの腰を両手で掴むと、相手の身体を揺するように上下させる。

——うあぁぁ……な、中がもうアツアツのトロトロだぁ。

子宝温泉の効果なのか膣襞がすでに蕩けていて、濃い蜜液とともに亀頭にねっとりと絡みついてくる。まるでセックス終盤のような性粘膜の密着具合に悠斗のほうが先に「ふはぁっ」と声を漏らしてしまった。

茹だる。意識も、肉欲も。甘美な肉悦の坩堝の中で瞬く間に茹だっていく。

このままでは欲情の赴くままセックスに没頭してしまう……。

ハッと我に返り、無意識のうちにギュッと閉じていた瞼を開いた。しかし——。

——煉華ちゃんのおっぱいが凄い迫力だよぉ〜。

視界にいきなり飛び込んできたのが、これ以上ないほど牡の欲情を誘う牝肉の塊。

温泉の熱のためか、セックスのためか、真っ白な乳房はすでに薄桃色に色付き、きめ細かな肌の上には珠のような汗が浮かび始めている。

それが腰を前後に揺すられることにより、たぷたぷっ、と重たげに揺れていた。

乳肌に浮いた珠の汗は、まるで新品の傘に弾かれる雨のように滑《なめ》らかに滑り、見事な球面を保つ下乳に流れ落ちていく。

「んんっ〜〜ッッ——んっ〜〜ッッッッ！」

愉悦を噛み締めるお嬢さまの表情もたまらなかった。

自分が動くと目が細まり、眉間に悩ましげな皺が寄る。

悠斗だって思わず喘ぎ声が漏れてしまうほど気持ちいいのだが、煉華の感じている快感はそれ以上のようだ。ちゃぷちゃぷ、と周りのお湯が波打ち始めると、さらに眉間の皺が深くなり、八の字になった眉の角度が狭くなっていく。

「はぁ～。いい湯ねぇ」

「子宝の湯っていっても、ウチのとは最近とんとご無沙汰なのよねぇ」

「そんなこと言って、奥さん。今夜励むつもりなんじゃないの？」

岩陰の外から他のお客さんたちの声が聞こえてくるたびに、煉華の膣襞が過敏にキュッキュッと引き締まるのもたまらない。

——ああっ。ぼ、僕……今ほんとに女湯でエッチしてるんだ……。

イケナイことをしてる、という思いが頭の中をグルグルと駆け巡っているのだが、男根は萎《な》えるどころかますます煉華の中で力を漲らせている。強烈な罪悪感で胸は激しくドキドキし続けているのだが、それを肉体が性的興奮と錯覚しているようで、先ほどから背筋がゾクゾクと肉悦で震えっぱなしだ。背徳感を感じながらのセックスが、普通では味わえない官能の領域へと若い肉体を引き上げている。

ビクンっ、ビクビクっ、ビグビクククンっ！

それは煉華も同じようで、女体の感度が明らかに前回以上だ。単調な腰の上下に赤毛を激しく振り乱している。そしてとうとう形のいい細い顎が、真上に向かって跳ね上がった。

「ああンっ！」

煉華が甘い喘ぎ声を漏らしてしまい、悠斗は飛び上がりそうになる。事実、もし彼女を腰の上に乗せていなければ、立ち上がっていたと思う。

「ちょっ、れ、煉華ちゃん！」

悠斗は小声ながらも、口調は怒鳴るという器用なツッコミを入れることになった。

「だ、だって、しょうがないじゃない。か、勝手に声が出ちゃうんだもん」

煉華は耳まで真っ赤にして、そう言い訳をする。

とりあえず二人で耳を澄ませたが、他のお客に気付かれたような様子はない。

しかしさすがに自分に非があると自覚したのか、悪戯の見つかった少女のように唇を尖らせて、顔の位置はこちらより上にあるのに上目遣いで見つめてきた。

——ど、どうしよぉ～。

敏感体質の煉華がこれ以上行為を続けて喘ぎ声を耐えられるとは思えない。しかしここまでしてセックスを中止するわけにもいかないだろう。煉華が納得しないのは確実だし、自分だってこの昂りきった欲情を吐き出さなければ気が狂う。

少年は意を決すると幼馴染みの後頭部を掴み、その美貌を強引に引き寄せた。

「あっ、な、なにを——んんっ⁉」

悠斗は自らの顔を斜めにして、強く煉華と唇を重ねあわせた。

どれだけ効果があるかわからないが、こうして喘ぎ声を抑えることにする。そしてさらに相手の後頭部を掴んだまま、逃げられないようにして舌を入れた。直後、身体を繋げた女体が、ビクっと驚きで震える。舌に舌を絡めていくと、最初は目を丸くした煉華もすぐにその長い睫毛を伏せた。

ヌルるっ、ぬるるッ、ぬくるるるルっ。

のどか仕込みのディープキスに、最初は強張っていた幼馴染みの舌もオズオズとその動きを合わせてくる。

――ふわぁぁ。やっぱり、コレすっごく気持ちいい～。

しなやかな味覚器官同士を重ねあわせる快感に夢中になる。唇まで使って相手の舌をねぶり、さらに繋がる性器も小刻みに突き上げる。

びくっびくくっ。

性粘膜の結合と口腔粘膜の絡まりあう濃密さに比例して、煉華の女体の震えが強くなっていく。愛液まみれの膣襞たちがキュンキュンと中のペニスを絞ってくる。

「あらあら、お嬢ちゃん。ここから向こうには行かないでねぇ」

唐突にのどかの声が聞こえてきた。

「え～。どうしてぇ～」

どうやら幼い子供がこちらに近づいてきているようだ。

「そこにはこわ～いオバケがいるのよぉ。お嬢ちゃんみたいな可愛い子は、ぱっくり食べられちゃうわよぉ」

「え～。ホントぉ～。ウソだぁ～」

のどかの話を聞いて、幼い女の子が逆に興味を持ってしまったような気配を感じる。

まずい。まずいぞ。

悠斗の頬にタラリと冷たい汗が流れたそんなとき、煉華の腰が小さく上に浮き始めた。

「そ、そんな……。こ、こんなときにお湯から出ないでよ煉華ちゃん」

「だって――ンンッ！　しょうが……っ、ないでしょ……か、感じすぎちゃうんだもん」

「だ、だめだって。み、みみ見つかっちゃうよぉ」

一番の解決法はセックスを中断することだが、これほど燃え上がっているときにその選択肢はあり得なかった。どんどんと浮いていく相手の腰に合わせて、彼女との結合が外れないように悠斗の腰も浮いていく。

今では悠斗が片足を抱えているため、煉華は片足だけで立っている状態だ。

幼馴染みは自分の身体を安定させるために、必死でしがみついてくる。それがやたらと可愛らしい。加えて『バレたらどうしよう』という追い詰められた感情が、間違いなく興奮の促進剤になっている。

結果、悠斗は大きく開かせた煉華の股間に向けて、ペニスをガンガン打ち込むことになった。セックスの衝撃で、煉華の立っている片足がガクガクと震えだす。時折、叫びそうになる喘ぎ声を漏らさないよう、こちらの唇にきつく唇を重ね、

「んんっ！　ッッッ～～んんんっっっ！」

と、どもった喘ぎ声を盛大に吐き出してくる。

それは無論、悠斗の口内に収まらず、周りの岩にまで反響した。

――や、やばいよっ！　女の子がこっちに来ちゃうよぉ！

それでも腰の動きが止まらないのだから、自分の興奮度合いも末期的だ。しかし――。

「ほらほら。今のオバケの唸り声を聞いたでしょ？」

「う、うん……。わ、わたち、もうあっちいくぅ」

どうやら怪我の功名で、しぶとい敵を撃退することに成功したようだ。ぱちゃぱちゃと人が遠ざかっていく音が、岩陰の向こう側から聞こえてくる。

それでも二人は昂りきったテンションを維持したまま、貪るようなディープキスを続行した。互いの喘ぎ声を呑み込みあい、立ったまま激しく交わり続ける。

「ふー。どうやら、みんな出ていったみたいよ。ついでに入り口に掃除中の立て札出しておいたわ。――って、あらあら」

完全に性交の世界に没頭していた二人のもとへ、女教師が戻ってきた。

のどかの言葉を聞いて、それまできつく唇を重ねていた煉華が、ふはっ、と鋭い吐息と共に唇を離す。

「じ、じゃあ……も、もう、こ、声っ……が、我慢しなくていいのね――っふぁぁぁっ！ンはぁああぁぁぁあぁぁっ！」

露天風呂から見える星空に響き渡る艶声を迸らせた。

「うふふふっ。どうやら多々良くんのほうが優勢みたいねぇ。それじゃあ先生としては、押されてる方に加勢しちゃおっかな」

そう聞こえたと思ったら、女教師に後ろに回られた。

「えっ、あの……な、何する気ですか――ひひゃっ⁉」

ぺろん、とお尻を舐められた。生温かな肉片がぬるぬると、長く温泉に浸かって肌のふやけた尻を這う。くすぐったさを伴う独特の感覚が下半身から湧き上がってくる。

「ちょっ、せ、せんせぇ。どこ舐めてくるんですかぁ」

しかしいつでもマイペースな女教師は生徒の言葉になど耳を貸さず、一通り尻の盛り上がりを舐め尽くすと、今度は谷間の溝を舐め始めた。

それはゆっくりと舐め下がり――「はひぃ！」

悠斗の口から煉華に負けないだけの鋭く裏返った声が迸る。

「はあんっ、な、なにぃ？　悠斗のが突然、びくって硬くなったわよ」

それまで一方的に喘がされていたお嬢さままでもが目を丸くしている。

「ひ、ひひゃっ⁉　お、おし、お尻っ……ああああっ！　んはあぁぁぁっ！」

対して少年の甲高い喘ぎ声は止まらない。

女教師の舌先が尻の中心を何度も往復するためだ。皺深い小穴の上を先端の僅かに尖った肉片が通るたび、その先端がツンツンとその小さな窪みに引っかかる。そのほんの僅かな摩擦感が、まるで直接、快感神経を弾かれてでもいるような未知の肉悦を発生させる。

——何コレっ⁉　なんなのコレえええぇぇぇぇえぇぇっ！

アナルを舐められる行為が、こんなに気持ちいいなんて夢にも思わなかった。

セックスの快感に耐えかねて必死に自分にしがみついていた煉華と同じように、悠斗も無意識に彼女の女体を力いっぱい抱き締める。

「はああんっ。そ、そんなにギュッと抱き締められたら、わ、わたし、わたしぃっ！」

煉華が燃えるような赤毛を、まるで燃え盛る炎のように振り乱して喘ぐ。その熱気でさらに熱くなった性粘膜が淫らにくねり、中のペニスを激しくしゃぶり立ててくる。

「んはぁ。なが～くお風呂に入っててフヤフヤになってたお尻の穴が、キュンキュンし始めたわよぉ」

小穴の皺をなぞるように丹念に這い回っていたのどかの舌先が、今度はアナルの中心を捉える——ぬどルルっ、ぬるルっ、ドルルるるルっ！

女ボディーガードの攻撃的な牝舌が、前に向かって突き進んできた。

「ら、らめえええっ、そんらとこまでキちゃらめえええぇぇっ！」

アナル舐めの強烈すぎる快感に急き立てられ、勝手に腰が前に逃げる。それに合わせて煉華の子宮をツンツンと突き上げることになる。

「ああんっ、そんなに何度も続けてズンズン腰を突かれたらあぁっ！」

正面から結合している相手の腰がしゃくり上げるように大きく振られた。

悠斗も執拗にえぐり込んでくる舌に、喘ぎ声が止まらない。

──女の子って、こんな気持ちなのかもッッッ！

煉華が自分の小振りなペニスを根元まで埋め込まれて、激しく乱れてしまうのも頷ける。

真下から肛門を貫こうとする牝舌から逃れるように突き上げていた腰の動きが、今では獣染みた力強さで煉華を突き上げていた。二度目のセックスでこなれてきたヴァギナは滑らかにくねり、膣襞たちが中出しをせがむようにペニスを引き絞る。

「ああぁっ、イクっ！　もうイッちゃうよおぉぉおおっ！」

肛門から陰嚢にかけてがキュ――ッと引き締まり、ザーメンが噴出する限界まで迫り上がってくる。

「ああんっ！　いいわよっ！　はやくっ中にだしなさいっ！　わたしのお腹を悠斗の赤ちゃん汁で思いっきり孕ませなさいいいぃいいぃ！」

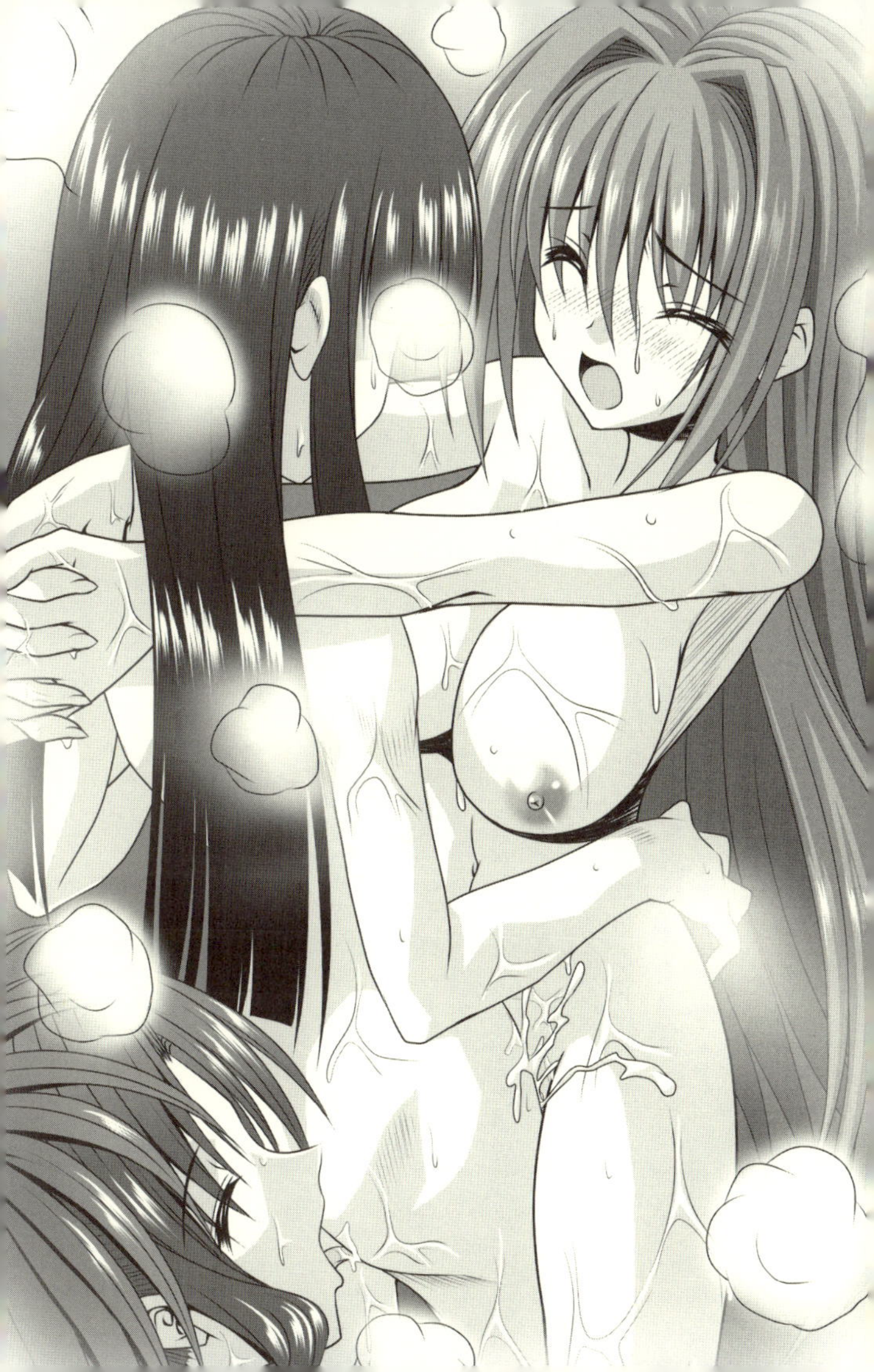

自分と同じように愉悦に声を震わせて絶叫する幼馴染み。本来、学生の身でしてはいけない膣内射精を、ここまで露骨に求めるお嬢さまのあけすけさが少年の興奮をマックスまで引き上げた。

「ああっ、煉華ちゃんっ！　れんかちゃあああぁぁぁっんっ！」

彼女の名前を絶叫し、しっかりと両脚を踏ん張って一際大きく腰を突き上げた。

牡砲の先を相手の子宮孔に密着させ、外しようのないゼロ距離から、己の生殖汁を目的の場所へぶっ放すために全身を息ませる。

どぎゅンっ！　どぎゅドプンッ！　どりゅドプどりゅンッッ！

子宝の湯によってトロトロに蕩けた女性器内に、灼熱のザーメンが逆っていく。

「んはあぁああぁっ！　中で出てるぅっ！　温泉でホカホカになった悠斗の赤ちゃん汁が、私のお腹に植えつけられるみたいに、びゅくびゅく突き刺さってるうぅうぅぅっっ！」

女教師が深く顔を埋めている少年の尻がブルブルと小刻みに震え続けている。射精を始めてもアナルは激しく舐められ続けていた。脈動に合わせて硬く収縮する小穴に、それでもえぐり込もうとする牝舌の刺激によって、さらに射精が促進されている。

「つくふぁ……んっ……んはぁぁぁ……」

悠斗が長い射精を終えて深い溜め息をつくまで、その舌奉仕は続けられた。対して盛大な膣内射精を受けた煉華は、こちらの脈動が終わってもビクビクと身体を痙攣させている。

「煉華ちゃん」「ふはぁ、っぁ……ゆ、ゆうとぉ」

二人は再びどちらからともなく唇を重ねて、絶頂の余韻を最後まで味わった。女体から絶頂のビクつきが完全に消えるまで、優しく舌を絡めあう。すると――。

「ほらー。やっぱり、掃除なんてしてないじゃない」

「やっぱり、あの看板間違いだったのよ。はいろ、はいろ」

「こんな時間に変だと思ったのよね。わざわざフロントまで行かなくってよかったわ」

若い女性の団体客が露天風呂に入ってきたようだ。

絶頂の余韻が収まった悠斗と煉華は慌てて湯船にちゃぽんと肩まで浸かった。

その後、偽りの立て札で足止めされていた女性客たちがドッと入ってきた。かなり広い露天風呂が、裸の女性たちであっという間に埋められていく。

「さてさて。それじゃあミッションも無事に終わったことだし、部屋に戻りましょうか」

「そ、そうね」

女ボディーガードの言葉に、煉華が先ほどまでの乱れ姿を繕うようにそっけなく答えた。

――も、戻る……この中を？

ポカポカの温泉に浸かりながら頬につぅーと冷たい汗が流れる。自分にとってはここからが、一番過酷なミッションなのではないだろうか？

薄化粧が完全にお湯と汗に流された顔で、引き攣った笑みを浮かべる悠斗だった。

第五章　催眠3P　ご主人さまにいっぱい中出しして欲しいニャン♥

「ふえっ？」

悠斗はのどかに指示された住所でぱっくりと口を開けた。

そこは西洋のお城をモチーフにしたような外観の建物——ラブホテルだったからだ。

——ま、間違いないよなぁ。

メモにはアルファベッドの名前が書かれていて、てっきり洋風のレストランだと思っていた。しかし見上げる赤いネオンには、メモと同じ文字が綴られている。

悠斗は携帯電話を取り出しのどかに連絡を入れた。

ワンコールで女教師が出る。

「あ、あの……着きました。でもここって——」

『じゃ、入ってきてぇ。フロントには話をつけてあるから、エレベーターに乗って最上階に来てくれればいいわよぉ』

のどかはそれだけ言うと、じゃ待ってるからねぇ、と言って一方的に通話を切ってしまう。ツーツーと接続の切れた携帯電話を、悠斗は唖然と見つめた。

もう一度、のどかに電話をしようとも思ったがやめる。

自分が何を言っても、この中に入らなければならなくなることが確実だからだ。

――もう、ここまで来たら……こんなところでグズグズしててもしょうがないよね。

十日ほど前のことである。

悠斗たちのクラス全員に、煉華の結婚式の招待状が送られてきたのだ。

いまだ政略結婚をグズる煉華に、トドメを刺すためのお祖母さまの案だと聞いている。

そして式の日付は受取日より約二週間後。つまりもう後がない。

子宝温泉でエッチをしても、お嬢さまはいまだ妊娠していなかった。

そこで、こうなったら彼女の『危険日』に合わせて、重点的に種付けをしようという計画になったのである。

よって悠斗は煉華の危険日――つまり今日に合わせてずっと禁欲していた。

正直、溜まりに溜まっている。

思春期真っ只中の少年にとって、十日近い禁欲生活はかなり苦しい。しかもことあるごとに煉華相手に膣内射精をしていたのだから、その苦しさもひとしおだ。最高級の食材を使った料理を腹いっぱい食べていたのに、いきなり断食させられたようなものである。

――や、やっとだ……。

それも今日で報われる。

それこそ、腹が減っていれば何を食べてもおいしく感じられる状況で、腹いっぱい最高級料理を食べられる状況なのだから。

いくら目の前の建物が子供が立ち寄ってはいけないド派手な大人のお城でも、ご馳走を目の前にして引き返せるほど、悠斗も倫理観が強いわけではなかった。

少年はキョロキョロと周りを見渡して人の目がないことを確認してから、そそくさとラブホテルの入り口に向かっていった。

※

『――私の話は以上よ！　いい！　もう最後の手段ってことで仕方なくなんだからね！　それじゃあ、あとはのどかさんに任せたから、アンタは言われた通りにするのよ！』

ラブホテルの最上級スイートルームに備えつけられている、大型液晶テレビに映された録画記録はそこで切れた。

「って、わけなの。状況は理解したわね」

目を点にしてポカンと口を開けている少年の肩を、担任の女教師がポンと叩く。

悠斗は我に返った。

「はあ。でも、今のだけじゃ何がなんだか……」

液晶画面の中のお嬢さまは、催眠術がドウとか、発情した猫になるからナンタラとかわけのわからないことを言っていた。

そもそも、その肝心の煉華本人が見当たらない。

と、スイートルームの奥にある巨大ベッドの、こんもりと盛り上がった掛け布団がモゾッと動くのが視界の端に入った。改めてよく見てみると、丁度女の子一人が丸まって中に隠れているぐらいの盛り上がり方をしている。

悠斗はのどかに視線を移した。

女教師はにっこりと微笑んで、ビシッと親指を立ててくる。

どうやらあの中に煉華がいるらしい。

悠斗は小首を傾げながらベッドに近づいていった。

「煉華ちゃん？　そこにいるの？」

問いかけると、ベッドの盛り上がりがビクっと動いた。

そしていかにも恐る恐るという感じに、掛け布団がほんの少しだけめくられる。

そしてオズオズとその隙間から幼馴染みが顔だけ出してきた。

「なっ……」

悠斗は思わず絶句する。

——首輪に猫耳!?

首には革製の赤いベルトを巻き、頭には可愛らしくデフォルメされた、三毛柄の猫耳のついたカチューシャをしていた。

どちらのアイテムも、激しく煉華の性格にはそぐわない。

しかし今の彼女の表情からはいつも凛々と漲らせている鋭さが消えている。まるで別人のように、見る者の庇護欲さえ刺激する不安そうな顔をしていた。

それだけに、少年の脳味噌をガツンと揺さぶるほどそれが似合って見える。

「れ、煉華ちゃん……そ、それ……」

思わずそう問いかけると、赤毛の猫耳少女はジッとこちらを見つめながらオズオズと口を開いた。

「……にゃあ～～ん」

猫そっくりな鳴き声に、悠斗は唖然とするしかない。

対して煉華はいまだにベッドの中に潜り込んだまま、臆病な子猫のような上目遣いでジッとこちらを窺い続けている。

――あの煉華ちゃんが、にゃあ～ん、だって……。

先ほど見せられた録画記録の内容を、少年は改めて思い返す。

アメリカの特殊部隊に所属していたのどかが特殊なクスリと催眠術を併用し、煉華をより妊娠させやすくするために、彼女を発情状態の動物になるよう暗示をかける。

要約すると、確かにそのようなことを言っていた。

結果、煉華がこのような牝猫状態になってしまったということだろうか？

――ほ、本当かよぉ～。

とても信じられない。しかし自分をからかうために煉華がわざとこんな演技をするほうが、よっぽど信じられないのも確かである。

「おかしいわねぇ。この催眠術を使うと、より本人の本質が出てくるハズなのに。それとも、これが本来の煉華さんなのかしらねぇ？」

女教師はおっとりと首を傾げている。

上手く術はかかったようだが、今までと性格が正反対になってしまい、暗示をかけたのどかすら近づこうとすると逃げ出してしまうという。

しかし悠斗は確信していた。

これこそ煉華の本来の姿なのだと。

幼い頃の彼女は、まさにこんな感じであった。

それがあの子猫の件があってから、性格が激変してしまったのだ。

「……あっ」

悠斗はハッとした。

そしてロイヤルスイートルームに備えつけられている冷蔵庫に向かう。

あった。高級そうなアルコール類の隅に、ミルクがガラスの瓶に入っている。

少年はそれをコップになみなみと注ぎ、ベッド横のテーブルに置いてみた。すると掛け布団の隙間からこちらを窺っていた幼馴染みの目の色が変化する。

あなた私の味方なの、と問いかけてるようなその視線に、悠斗はこくっと力強く頷いた。

猫化した幼馴染みは慎重にこちらを窺いながら、ベッドからゆっくりと出てきた。

「うわっ⁉」

猫耳に首輪だけでも充分に奇抜なのに、なんて格好をしてるんだ。

煉華はほぼ全裸であった。

胸も股間も、本来隠すべきところは丸出しである。にもかかわらずそのしなやかな四肢には、三毛柄の肘まで覆う手袋と太腿まであるロングソックスを履いていた。しかも手足のどちらの先も、猫耳カチューシャ同様可愛らしくデフォルメされていて、そこだけ猫の着ぐるみ状態になってる。

極めつけは尻尾だ。これもどこかの軍仕込みの仕事なのか、特殊なメイクが施され、本物そっくりに尾てい骨の辺りから違和感なく伸びている。

「あー。やっぱり暗示をかけるには、この手のファッションも有効だからねぇ」

悠斗の驚きを察した女教師がそう説明する。

「それに君も好きでしょ、こーいうの。男の子的に」

「……うっ」

図星だった。

正直、これだけでズボンの前が窮屈になってくる。

そんな少年のリアクションなど関係なく、煉華は目の前に置かれたミルクに慎重に顔を近づけてきた。くんくん、と匂いを嗅いでからチラッとこちらを見つめてくる。

悠斗はデレッと崩れ気味だった表情を慌てて引き締めて、笑顔を見せた。

対して子猫少女はポッと顔を赤らめると、こちらの視線から逃げるようにミルクに顔を寄せた。桃色の舌をぺろっと出して、そのミルクを一舐めする。すぐにそれが安全なものだとわかり、顔を突っ込むようにして夢中でミルクを飲み始めた。

しかし本当に猫みたいだ。

というか、昔二人で飼っていた子猫に仕草がとても似てる。

詳しいことはわからないが動物になる暗示をかけられて、彼女の深層心理に深く刻まれていたであろうあの子猫の記憶が蘇ってきたのだろうか。

——んっ？　そ、そーいえば……。

特殊部隊出身の女ボディーガードは、ただの動物ではなく、発情した動物の暗示をかけたと言っていた。

悠斗がそれを思い出したときである。

「にゃあ～ん」

ミルクを飲み終えた煉華が、甘い鳴き声とともに悠斗にじゃれついてきた。

軽くグーに握った猫手でこちらの太腿辺りをにゃんにゃんと軽く叩きながら、毛繕いをする猫のように肩から頬にかけてを二の腕に擦りつけてくる。それでいて視線が合うと、先ほどと同じようにポッと頬を赤らめて顔を伏せる。

「ほらほら、煉華さぁ～ん。この人がアナタのご主人さまですよぉ」

悪乗りしているのか、本気なのか、のどかがそんなことを言いだす。対して猫耳少女はそれを本気と取り、すがりつくような上目遣いでこちらを見つめてくる。

──か、可愛い……。

普段が普段なだけにそのギャップにくらくらする。そもそも煉華は口さえ開かなければ、非の打ちどころのない美少女なのだ。普段は強気な視線も今は緩み、青い目が少し垂れ気味になって、性格が今とは百八十度違っていた幼い頃の面影が垣間見える。

ごっくん、と大きく生唾を飲み込んでいた。

エッチしたい。

この可愛らしい煉華を抱きたい。

発情した動物という暗示もばっちりとかかっているようで、先ほどからまるでおしっこでも我慢しているように太腿をモジモジと擦りあわせている。

そしてアクションを起こさないこちらに我慢できなくなったのか、煉華のほうからオズオズと顔をさらに近づいてきた。

こちらの首筋に鼻を寄せ、くんくんと匂いを嗅いでくる。

「はにゃ〜〜ん。ご主人さまぁ、いい匂いがしますぅ」

まさに発情した牝猫のような甘い声でそう鳴いた。

——はにゃ〜ん、って。あの煉華ちゃんが、はにゃ〜ん、だって。

続けてゴロゴロと喉を鳴らしながらさらに身体を摺り寄せてくる。

お嬢さまが立て続けに見せる、ベタ甘な言動に悠斗は唖然としっぱなしだ。

そんな少年の耳元に、今では彼女の腹心ともいうべきボディーガードが口を寄せてきた。

「ほーら。多々良くんがご主人さまになったんだから、自分の飼い猫はちゃぁぁんと躾《しつけ》をしないとね」

「ふえっ？」

のどかのセリフの意味がわからず、惚けた声を漏らしてしまう。

そんな少年に対し、女教師がその『躾け方』の詳細を耳元で囁いてくる。

「……そ、そんな」

あまりに倒錯的なその内容に悠斗は顔を真っ赤にした。ズボンの窮屈さもさらに増す。

「ほら、早く、早く。ご主人さまの命令を可愛いペットちゃんが待ってるわよぉ」

そんなことを言われると、自分の隣でモジモジしている煉華が、こちらのリードを待っていることだけは間違いないように思えてくる。

今の煉華はいつもの煉華とは違うんだ。

今していることは、全て政略結婚を防ぐためなのだ。

そんな誰に対してしているのかわからない言い訳を、心の中で呪文のように繰り返しながら悠斗は口を開いていた。

「……ほ、ほら煉華ちゃん、あ、あの……ど、どどうして欲しいか、い、言ってごらん」

顔を真っ赤にして、のどかに吹き込まれたセリフを口にする。

恐る恐る煉華の反応を窺うと、彼女は伏せていた顔を上げて潤んだ瞳の上目遣いでこちらを見てきた。そしてグスっと可愛らしく鼻を小さく鳴らしてからオズオズと口を開く。

「ご、ご主人さまの……っ……を、煉華の………に入れてほしいにゃん」

発情したメスという暗示がかかっているなら、ゴニョゴニョと小声すぎて聞き取れなかった部分にどんな単語が入るかおおよその見当はつく。

しかし悠斗も男の子。今の煉華が醸し出す強烈なイジメテオーラが、ほとんど少年が持ちあわせていないSっ気までも刺激した。

「そ、それじゃ、わからないよ。も、ももっと、ちゃんといい言ってごごらん」

慣れていない意地悪セリフなだけに、カミカミなのはしょうがない。

何しろこんな相手を追い詰めるようなセリフ、普段の自分なら絶対に口にしない。それだけに、逆にまるでこちらが追い詰められてでもいるかのように声が震えてしまった。

「ふにゅ～～ん」

対して煉華の瞳はさらに潤む。桜色に染まっていた頬が真っ赤になって、軽くグーに握った猫手が困ったように頭を抱える。

──も、もう我慢できないよ！

何しろこちらは十日間の禁欲中。数学の図面問題で描かれる曲線すら、女性のヌードに見えてくる状態なのだ。

悠斗は辛抱できなくなって、気付いたときには煉華にキスをしていた。

唇を捩じ切るように深く重ねあわせて、細い背中を思いっきり抱き締める。

その勢いが強すぎて、文字通り猫耳少女を巨大ベッドに押し倒していた。

構わず、貪るように舌を絡みつかせる。

その姿はまさに腹を空かせた野獣。

邪魔な己のズボンをベルトをガチャガチャ鳴らしながら脱ぎ捨ている。窮屈な檻からやっと解放された分身は、己の腹にめり込みそうなほどビンビンに反り返っていた。

「んんっ⁉　っんんっ……んっんんんっ」

対して煉華は最初、目を丸く見開いて舌も驚きで硬直させていたが、すぐにうっとりと瞼を閉じて舌の動きを合わせてきた。

甘えるような吐息と共に、こちらの背中を遠慮がちに抱き締めてくる。

──可愛いっ！　今の煉華ちゃんは可愛すぎるッッッ！

もうセックスがシタくて、シタくてしょうがない。

その強烈な獣欲に突き動かされて、無意識に勃起ペニスを彼女の腹に擦りつけていた。

思えばベッドの上で性行為をするはこれが初めてだ。

ラブホテルの一室というある意味最もスタンダードなこの場所は、今までの教室や女湯と違い、それだけ行為に集中することができる。

「んぷふぁ——も、もう……許して欲しいにゃん……ご、ご主人さまぁ」

溶けあうほど濃密に絡めていた口腔粘膜を、煉華が顎を仰け反らせるようにして外す。

そのセリフと行動から、てっきり獣欲丸出しな行為を非難されると思ったが、

「そ、そんなに……焦《じ》らしちゃ……らめなのぉっ」

非難は非難だが、意味がまるで逆だった。

自分を求める猫耳少女の反応が常識人な少年の理解の許容範囲を超えて、悠斗は顔を真っ赤にしたままフリーズしてしまった。

しかし、行為を中断したこちらの反応を牝猫はさらなる焦らしだと勘違いしたようだ。

下唇をキュッと噛み、恥ずかしそうに顔を横に向けて潤んだ瞳を切なそうに伏せてしまう。

ご主人さまとそのペットとなった男女二人は、お互いを求める強烈な肉欲に呑み込まれて完全に固まってしまった。

「もう、本当に手のかかる子たちねぇ」

そんな二人に溜め息をついたのは、あらゆる意味で規格外な女教師である。悠斗のほうを悪戯っぽい横目で見ながら、牝猫少女に何やら一言だけ吹き込んだ。

「そ、そんにゃあ……」

「ほらほら、ご主人さまがお待ちかねよぉ」

「……ふにゃ～ん」

煉華はチラッチラッとこちらを横目で窺いながら、オズオズと口を開く。

「ご、ご主人さまのたくましいのを……煉華のなかに……い、いれ……て……ください」

それは先ほど彼女が言葉をゴニョゴニョと濁した、おねだりセリフであった。

彼女も顔からぽむっと湯気でも出しそうなほど真っ赤になる。続けて、ふにゃ～ん、と泣きそうな声を上げ、恥ずかしさのためか顔を両手で覆ってしまう。

直後、下半身からペチッと肉の鳴る音がした。

反り返った男根が己の腹を勢いよく叩いた音である。

完全にフリーズしていた悠斗の思考が、一連の煉華の行動によって強制的に再起動した。

「れ、煉華ちゃん！」

しかも、かなり暴走気味に。

幼馴染みの両脚を大きく開くと腹に密着したペニスを掴み、その中心に差し向けた。

すでにトロトロに濡れきっている女の入り口に、その先端をあてがう。そして鼻息荒く牝猫少女を貫こうとした。すると――。

「だめよぉ、そんなにすぐに餌を与えちゃ。おあずけを覚えさせないと」

のどかに下腹を押さえられ結合を無理矢理ストップさせられる。

これではこちらがオアズケ状態だ。

しかし小柄な女教師の力は意外と強く、それ以上腰を前に進められない。

「も、もう一回言って！　い、今のセリフ、もう一回ッッ！」

切羽詰まったように悠斗は叫んでいた。

「ああん。だめよ、そんなのじゃ。ご主人さまらしく命令口調で言わないとぉ」

女教師は言葉使いまで指示してくる。

「う、ううぅっ……」

もう破れかぶれだった。

「…………い、言え！　も、もう一回、ちゃんとおねだりしろ！」

肉欲に突き動かされて、通常の自分だったら絶対に口にしないセリフを、幼馴染みに向けて叩きつける。

対して煉華も普段の強気っぷりが嘘のように、その命令を聞いただけで、あはんっ、と甘い吐息をついた。命令されることに嫌悪どころか愉悦すら感じているようだ。ひくんひくん、と女体までも官能的に震えだす。

「あ、あふぁ……ご主人さまの……た、たくましい、お、お……」

口を開いた煉華のセリフは、悠斗以上に上擦っていた。しかも彼女の入り口に密着させている肉先に、さらに滲み出た愛液がとぷんと触れる。

そんな幼馴染みを目の前にして、少年の興奮は最高潮に達した。

腰が無意識にグイグイと前に出て女ボディーガードの押さえにもかかわらず、亀頭の先端を折り重なる牝襞の中心にちゅぷりとねじ込ませる。

「あはん！　っ……ああ、こ、この……お、ち……んちん……煉華のアソコに……い、いれて、くだ……さ――」

煉華がおねだりの言葉を羞恥と興奮の真っ只中で紡いでいく。そして最後の『い』を言う直前、悠斗の下腹を押さえていた女教師の手がどいた。

前に向かって力を込めていた腰が解放され、一気に前へと突進する。

膨張しきった男性器が、潤みきった女性器に根元まで一気にズルンと突き刺さる。

「んはあぁぁぁあぁぁっ！」

待ち焦がれた牡肉の侵入に、煉華が顎ごと背中を仰け反らせた。

二つの巨乳がダイナミックにブルンと弾み、赤い首輪を嵌められた首筋が愉悦の咆哮とともに激しく筋張る。三毛柄のロングソックスに包まれた両脚はそれだけで膝から下を内側に反り返し、宙に浮いた脹脛《ふくらはぎ》がビクンビックンと愉悦のこむら返りを打ち始める。

煉華はたったの一突きで達していた。

もともと性に関して敏感だった女体が、発情したメスの暗示をかけられてよりその感度を増している。肉棒を包む膣襞たちも瞬く間にキュンキュンと切なそうに震えだしている。

「ああん。もう、煉華さんったらすぐにイキすぎよぉ」

ここまで散々二人の興奮を煽っていた女ボディーガードが、今度はころんと煉華の女体に寄り添った。そして少年の獣染みた動きを止めていたとは信じられない細腕が、今度は雇い主の女体をまさぐりだす。手だけではない。眼鏡の奥のおっとりした瞳に、悪戯っぽい光を湛えて、首輪を嵌めている首筋にチュッチュッとキスまでしている。

「うわぁ……」

目の前で突然繰り広げられ始めたスレンダー美女と巨乳美少女の絡みあいに、悠斗は唖然と見入ってしまった。のどかの責めは的確に牝猫少女の弱点を突いているようで、身体を繋げている男性器からビクンビクンと官能の震えを伝えてくる。

――ボケっと見てる場合じゃない！　ぼ、僕もッッ！

悠斗は昂りきった興奮を解放するように腰を振った。根元まで埋め込んだペニスが、その長さ分を目いっぱい往復する。

肉棒を戻すときの肉カリに絡みついてくる膣襞たちの抵抗感。

男根を入れ戻すときの、濡れた牝肉を掻き分けていく突入感。

そしてお互いの下腹部が当たると同時にコツンと感じる子宮孔の瑞々しい弾力が、性交の歓喜を物理的な肉悦へと昇華させる。

「んふにゃあああぁあああぁっ！」

何より凄まじいのは煉華の反応だ。

女教師の巧みな責めにより練り上げられた性的昂りが、こちらの一突きで破裂でもしたようなビクつき方をする。

たわわな乳房は官能的に細波立ち、薄い腹筋はくねるような痙攣を繰り返す。

これほどの媚態を見せられて、若い少年を燃やす興奮の炎は青い獣の業火へと発展する。

「煉華ちゃん！　煉華ちゃん！」

幼馴染みの名前を叫びながら、ガツンガツンと思うさま腰を突き入れる。

「ああっ！　んはあああぁ！　んふにゃぁああぁぁぁあああぁっ！」

煉華はベッドの上で見事な赤毛を振り乱して絶叫した。

猫耳カチューシャに首輪までつけて身悶える姿は、まさに性に耽溺する牝獣そのもの。

全身からは官能の汗が滴るほど噴き出して、ただでさえ艶めかしい女体をさらに妖艶に照り光らせている。

あまりにエロティックなその姿に悠斗の腰の動きが加速していく。子宮を直接揺さぶるような一突きごとの力強さはそのままに、二人の下半身が衝突する肉音の間隔がどんどん短くなっていった。

「ほらほら煉華さん。このままご主人さまがイッちゃっていいの？」

女教師の囁きに、我を忘れて身悶えていた煉華が何かを思い出したようにハッとする。

「ふ、ふにゃ、ご、ご主人さまぁ、……お、お願いがあるにゃん」

激しい喘ぎ声混じりにそう口にする。

悠斗は一旦動きを止めて視線で、なに、と問うた。

「そ、その…………煉華をまんぐり返しっていう、一番孕みやすい格好にしてからドプドプ種付けして欲しいにゃん」

——ま、まんぐり返し、って……。

間違いなくのどかの入れ知恵だろう。

言ってる本人が、その体位がどういうものなのかわかっていない様子である。

しかし無論、悠斗に否はない。体位を変化させることにも興味がある。

「わ、わかった！　それじゃあ！」

煉華の細いウエストを掴み、ペニスが抜けないように注意しながら、ゆっくりと相手の腰を浮かしていく。

「ふにゃあ!?　——お、おへソッッ！　おへソのッッ——う、うら、裏側にご主人さまのが今っゴリって、っふにあぁぁああぁぁッッッ！」

よほど感じるポイントを身体の内側から突かれたようだ。それでもビクンビクンと女体を痙攣させてはいるが、浮いた両脚をバタつかせるようなことはしなかった。

煉華は肩をベッドにつけたまま腰を浮かされ、真上を向いた女性器を悠斗に貫かれる姿勢となった。横になっても見事な釣鐘型を維持していた巨乳が、さすがにこの体位では彼女の細い顎に向かって重たげに歪んでいる。

「う、動くよッッ！」

悠斗は慣れない体位で結合が解けないように注意しながら性交を再開させた。

真下にある女性器を貫くため、どうしても腰を叩き落とすような動きになってしまう。

「はあんっ！　す、すごぃ！　ズンって！　ご主人さまのおちんちんが、お腹の裏側にズンズンって突き刺さってきて、ふにゃあぁぁぁっ！」

文字通り体重を乗せた肉棒の一突きは、先ほどまでの体位とは明らかに、女体への響きが違うようだ。

――くうぅぅ！　煉華ちゃんの脚があんなにエッチにビクビクしてるッ！

悠斗の目の前で宙に浮く形となった三毛柄の両脚は、バスケで男子が相手でも互角以上に渡りあうだけに、ほれぼれするほどの健康的な曲線を誇っていた。

それが淫らにくねっている。

脚の甲からつま先までを限界まで反り返し、猫ソックスから脹脛の盛り上がりにかけての伸びやかなラインが官能的にビクついていた。

辛抱たまらなくなって、太腿まであるロングソックスの片方を一気に剥く。

本来は透き通るほど白い脚肌が、官能の熱により指先までピンク色に茹で上がっていた。

「は、恥ずかしいっ、なんだかとっても恥ずかしいにゃぁん」

牝猫と化している煉華にとっては、胸や股間が丸出しなことよりも『皮』を剥かれることにより羞恥心を刺激させるようだ。

悠斗は己の両脚をガニ股状態にして上半身を前に倒し、その剥いたばかりの脚にキスをした。唇で感じた脚の感触は他にはない弾力に富み、とても心地よい。

軽くキスをするだけのつもりが、さらに首を伸ばして強く吸いついてしまう。

――うわぁぁぁ！　す、凄い感じっぷり……。そんなに気持ちいいんだぁ。

舌まで這わすとそれまで均一に丸め込まれていたつま先がビクンと乱れる。キュッと窄められていた五本指の間に隙間ができて、一本一本がそれぞれ違う角度のくの字を作る。

それでいて、まんぐり返しのヴァギナにズンとペニスを叩き落とすと、再びキュッと力んだように指先は丸まった。

その淫らな足先の変化を見ているだけで腰の動きが加速していく。

「多々良くんのタマタマが煉華さんのお尻に、ぴたぴた当たっちゃってるわよぉ」

おっとりとした女教師の言葉は背中から聞こえてきた。

体位をまんぐりセックスに移行させてから、女教師は二人の後ろに回っていたようだ。

「二人ともズンズンするたびに、お尻の穴が気持ちよさそうにキュッキュッてしちゃってぇ。特に煉華さんのほうが凄いヒクつきっぷりねぇ」

お互いに見ることのできないところをのどかに実況中継されたその直後、

「ふにゃぁあぁっ⁉」

煉華の身体がビクンと大きく痙攣した。

まんぐり返しの体位で身体を丸めているため頭を仰け反らせることはできないが、その反動はいっぱいに広がった脚の五本指に現れる。ペニスを滑らかに舐めしゃぶっていた膣襞たちもそれに合わせてキュゥッと収縮した。

「っくうぅぅ……い、いきなり、ど、どうしたの――ふひゃぁっ！」

幼馴染みに問いかけた少年の言葉も裏返る。

陰嚢の一つが、いきなり生温かな潤みにすっぽりと包まれたからだ。

――タ、タマタマを、のどか先生にしゃぶられてる⁉

その部位ならではの、膝から力が抜けるような感覚がゾワワと這い上がってきた。

「ふひゃぁ、んっヒィ……んひゃふひゃぁ⁉」

続けて逆の皺袋も咥えられる。今度はただ口に含んだだけではなく、中にあるシコリを舌先でコロコロと転がされた。

「んじゅんんはあ――ほらほら、動いてもだいじょうぶよぉ。先生、ちゃんと動きに合わせてあげるからぁ」

「そ、そんなこと言われても――ッんひぃッッ！」

二つの皺袋を舐め転がしていた牝舌が、今度はその上にある皺穴までも舐めてきた。尖らせた舌先に力を込めて、初《しょ》っ端《ぱな》から深くえぐり込んでくる。

その鮮烈すぎる肉悦に顎が仰け反り、腰が跳ねるように動いていた。

「あはあぁぁぁんっ！　そんないきなり上からズンズンしちゃらめえぇぇっ！」

たまらないのは煉華である。

今までのある程度コントロールされていた動きではなく、力の加減も何もない突発的な突入に、まんぐり返しのまま貫かれて身悶える。

「ご、ごめっ、煉華ちゃん！　でももう止められない！　腰の動きを止められない！」

ズゴずじゅぐじゅクチュずごずごずこっズコッ！

腰の奥で官能の高まりが急激に跳ね上がり、もういつイッてもおかしくない。そんなバキバキペニスで真上を向いた蜜壺を激しく貫く。

のどかの口は宣言通り、激しく動く少年の腰に動きを合わせてきた。

アナルを舐め、陰嚢をしゃぶり、ヴァギナから引き抜かれるペニスまでもねぶり回してくる。さらに女教師の舌は舐め降りて、煉華の股間にまでその責めは及んでいた。

「んちゅるんはぁ——はうら、二人ともいっぱい気持ちよくなりなさぁい、そーしていっぱいイッって、可愛い赤ちゃんを作るのよぉ——レロんちゅんんんっ！」

愛液と唾液でヌルヌルになった二人の結合部分を、貪婪《どんらん》な牝舌が這い回る。ただでさえ牡牝の肉が交わり強烈な肉悦が弾け続けている箇所なのに、さらなる愉悦が上塗りされて、意識の全てが何度も吹き飛びそうになる。

「ふにゃぁぁぁあぁん——ッッ〜〜んんっ！　っくふにゃあああぁぁん！」

煉華の女体は先ほどからビクビクと激しく引き攣りっぱなしだ。

明らかに何度も何度も小刻みな絶頂を繰り返している。その振動は、深く埋め込んだ男根にビンビンと伝わってきていた。ただでさえ締めつけのキツイ蜜壺に愉悦のヴァイブレーションまで加わって、もう少年の我慢も限界だ。

「イ、イクからね！　煉華ちゃんの中にどぷどぷ中出ししちゃうからねっ！」

全体重を乗せるようにして、一際力強く腰を振り落とす。

「ふにゃあぁぁん！　き、きてぇぇっ！　ご主人さまの赤ちゃん汁を、煉華の牝猫マ〇コにドプドプしてえぇぇえぇぇっ！」

真上を向いた子宮孔に、とうとうペニスの先っちょが僅かに嵌り込んだ。

「あああっ！　イクっ！　いくうぅうぅぅぅッッ！」

ドプどりゅどぷドギュ、どぷドリュどぷンッッ！

彼女を孕ませるために十日間熟成された精子の群れが、その目的を果たすためにただ一つの卵子を求めて肉先から逆っていく。

悠斗が脈動するごとに、目の前の脹脛がビクンビクンと大きく跳ねた。

それまでの小刻みな絶頂とは桁の違う、エクスタシーの大波に煉華もどっぷりと呑み込まれているようだ。

「んはあ゛あ゛あ゛ぁ゛ぁ゛ぁぁあぁぁぁ～～ッッッ！」

子宮から直接絞り出しているような、どもった絶叫がいつまでも部屋を震わせ続ける。

対して悠斗は十日ぶりの射精を終えると、太腿を掴んだままゆっくりと腰を持ち上げた。

「はーっ、はーっ……っふぁぁ……」

そのままヌポッとペニスを抜くと、ここで初めて牝猫少女が絶頂の叫びではなく「んはぁ」と甘い吐息を漏らす。

いまだ絶頂の余韻が色濃く残った女体は突発的にヒクンヒクンと痙攣し、色素が薄く皺も少ない愛らしいアナルもそれに合わせてキュッキュッと収縮していた。真上を向いたま
ま、ぱっくりと開いたヴァギナからはドロリと濃密がザーメンが溢れ出す。

――うわぁ……エ、エロぉ……。

思わずその卑猥な光景に魅入ってしまう。

しかし、いつまでも煉華をこんな窮屈な姿勢にしているわけにもいかない。

悠斗はゆっくりと彼女の脚をベッドの上に戻した。

「ふにゃぁ……ふにゃぁぁ……」

幼馴染みはまるで全身の骨が溶けてしまったようにグッタリと横たわり、悠斗もその隣にぺったりと座り込む。久しぶりに中出しを決めて、盛大にイカせた女体を、絶頂の余韻に浸りながらうっとりと眺めた。

「ほらほら、何ボーッとしてるのぉ。今日のために二人ともコンディションを整えてきたんでしょう？　若いんだから続けてガンガンしないとぉ」

のどかである。ある種の達成感に包まれている二人と違い、彼女だけは今やっとウォーミングアップが終わり、これからが本番だという表情だ。

「ほらほら、煉華さん。ご主人さまにもっとも〜〜っといっぱい種付けしてもらえるように、ペットらしくおねだりしなさい」

「ふ、ふにゃぁ〜。も、もう、お腹いっぱいらのぉ」

「何を言ってるの。最初にプランを確認したでしょぉ〜。ほらほら今度は牝猫らしく、バックでパンパンしてもらえるようにおねだりしなさい」

教室ではおっとりと優しい女教師が、ベッドの上ではスパルタ主義者であった。

「もう、仕方ないわねえ」

女ボディーガードは主人の身体の上に覆いかぶさると、巧みな体術で相手の身体をコロンと裏返してしまう。

のどかが下で、煉華が上の格好だ。

つまり牝猫少女の尻がこちらに突き出されている格好である。

「煉華さん、まさか忘れてないでしょうねぇ？　しっかりおねだりして何度も生でドプドプしてもらわないと、ご主人さま以外の男に種付けさせられちゃうのよ？」

壮絶すぎた絶頂の余韻でほっこりしていた幼馴染みの表情が、その一言でハッと引き締まる。そして彼女はチラリとこちらを窺ってから、発情した牝猫そっくりの甘い鳴き声を絞り出してきた。

「ご主人さまぁ……もっと、もっと煉華に種付けして欲しいにゃ～ん」

悠斗に向けていた尻をさらに突き出すようにして、尻尾ごとフリフリと振ってくる。

文字通り、発情した牝猫が牡を誘う姿そのものだ。

胸に比べてまだ半熟状態の若尻が、挑発的に左右に振られる。決して肉感的ではないが、それでもちゃんと育まれ始めている牝脂の層が、きめ細かな尻肌の下でプリンプリンと小気味よく揺らされた。

悠斗だって見た目は女の子みたいでも、極めて健康的な男の子。しかもこの若さで十日間の禁欲明けだ。いくら最初の一発目が大量でも、まだまだ溜まりに溜まっていた。

鈴口に垂れる残滓が乾く間もなく、ビビンとペニスを反り返らせる。

「れ、煉華ちゃん！」

膝で歩いて牝猫の尻をがっちり掴む。自分がたっぷりと中出ししたザーメンがトロトロと溢れ出ている、桃色の牝華に向けて勃起ペニスを差し向けた。

ぬずるるるるっん！

己の精液と煉華の愛液でヌルヌルになった膣内に、再び男根を根元まで挿し入れる。

──れ、煉華ちゃんて……バック向きのアソコをしてるかも……。

肉棒が侵入していく角度が、今までの前からよりもスムーズだった。そういえば初体験のとき、華芯の位置が思ったよりも随分と下で結合に戸惑った記憶もある。

「ふわぁぁ……こ、この格好だと……」

性器のハメ具合だけではなく、目の前に現れた光景もまた素晴らしい。

美しい背筋がスッと伸び、四つん這いの姿勢を維持するために肩甲骨とその周りの筋肉が形よく盛り上がっている。くびれたウエストから半熟状態の小振りなヒップへ続くラインは、溌溂とした健康美とほのかな官能性を併せ持った、少女ならではの絶妙なカーブを描いている。

煉華といえば巨乳というイメージが強く、また、悠斗も大きな胸が嫌いじゃないため常に前向きで交わってきたが、この体位もかなりいい。

「つふぁ……っ……はにゃぁぁ──んんっ！」

たっぷりと後背位での結合具合を味わってから悠斗は動き始めた。

少年の薄い下腹部が幼馴染みの双丘を打つ。タムッタムッと弾む小尻の揺れは巨乳のようなダイナミックさはないが、それだけに小気味よい。直接下腹に接触している臀部のまろやかな弾力も正常位では味わえないものだった。

——こ、これがさっきのまんぐり返しのとき、のどか先生が言ってたヤツか……。

臀部の中心で息づいている色素も薄く皺も少なめな可愛らしいアナルが、腰を突くたび遠慮がちに、キュッキュッと窄まる反応もたまらない。

何より悠斗の獣欲を掻き立てるのは、特殊メイクで本当に生えているようにしか見えない尻尾や、赤毛の中からチラチラと覗き見える首輪とその頭に載った猫耳だ。

四つん這いの姿勢で交わっている相手がそんな格好をしていると、本当に『女性』ではなく『牝』とエッチしている気分になってくる。

タムッ、タムッ、タムッタムタムタムパンパンパパパパンっ！

瞬く間に二人の肉がぶつかりあう音の間隔が短くなっていった。

「ふにゃあぁぁ！　ご主人さまぁ！　にゃにゃぁ！　ご主人さまあぁぁあぁッッ！」

ニャンニャンと喘ぐ幼馴染みの反応に、嫌でも妄想が加速する。

自分は本当に彼女のご主人さまで、煉華は飼い猫が擬人化した牝ペット。

今しているこれは人同士の愛の営みではなく、発情した牝との『交尾』。

「き、きき巨乳牝猫ペットに、も、もう一回たっぷりと種付けしちゃうからね！」

悠斗もこの倒錯した世界にどっぷりと浸かってしまっていた。

とめどなく溢れ出てくる妄想を思わず絶叫し、腰の動きを激しくさせる。

「ふにゃあぁ！　と、とどいてるぅ！　煉華のいちばん深いところに、ご主人さまのがズンズン突き刺さってくるみたいだにゃぁぁあぁぁん！」

煉華本人もこの体位でのセックスが、自分の女体に合っていることをすぐに自覚したようだ。四つん這いの猫手がベッドシーツを掴み、その指先に悩ましげな力が籠っている。

悠斗はさらに牝猫を官能的に鳴かせるべく腰を強く叩きつけていた。が、その際に多少の違和感を覚える微かな反動を感じていた。

——えっ⁉　こ、これってまさか……。

細身の脇から激しく揺れる白い丸みがチラチラと見えて、その正体にやっと気付く。

胸の揺れだ。煉華ほどの巨乳で、なおかつ体格が華奢だと、胸の揺れが後背位のセックスに響いてくるのだ。

「あはん。煉華さんのおっぱいって、本当にすっごい迫力ねぇ」

その証拠に下になっている女教師が、猫耳少女の胸を掴むと違和感が消えた。

そうなるともう腰の突き入れに遠慮はない。

「ふにゃああっ！　んふにゃあああぁぁぁっっ！」

　肉先が相手の子宮を打つたびに、真下に見える煉華のアナルがキュッキュッと窄まる。燃えるような赤毛を振り乱すように顎を仰け反らせては、三毛柄手袋をした両手でベッドシーツを力いっぱい握り締めている。

「ら、らめっ！　も、もうらめぇぇっ！　いっいっちゃうっ！　イッちゃうううぅ！」

　瞬く間に牝猫少女は昇り詰めた。

　四つん這いの女体が息み、脹脛が、臀部が、肩甲骨周りの筋肉が、ビクビクと目に見えて激しい痙攣を始める。まんぐり返しセックスの途中で繰り返していた小規模な絶頂ではなく、本格的なエクスタシーが訪れていた。

「あらあら、だめじゃないのぉ。まだご主人さまがイッてないのに先にイッちゃぁ」

　下になっている女教師がメッと猫耳少女のオデコを突く。

「ら、らっへぇ……」

「いいわよ多々良くん。続けちゃって」

「は、はい」

　悠斗だって、これほど昂った状態で行為を止めることなどできない。

　煉華が派手に絶頂し始めたために一旦止めていた腰の動きを再開させる。

　いまだビクビクと色濃く絶頂の余韻を残す女体との交わりは凄まじかった。

　こちらがペニスを一突きするたびに、

「んひゃぁぁッッ～～ッッ――んはァぁっ！　っふぁアぁあ゛あ゛ぁぁぁぁッッ！」

ビクンビクンと顎を何度も仰け反らせ、子宮から絞り出すような絶頂の声を盛大に叫び続ける。そして四つん這いの姿勢を維持するために突っ張っていた両手の肘が、ガクガクと震えだし――その状態が保《も》ったのは僅か数秒間だけだった。

派手な絶頂を続ける牝猫少女は肘から崩れ、下にいるのどかの上に崩れ落ちる。

「ら、らめらのぉ……っひぃぃっ……こ、これいりょぅは……おかしくなっちゃうろぉ」

呂律《ろれつ》の回らなくなった口で限界を漏らしながら、すすり泣く。

「しょうがないわねぇ。なら、多々良くんがイケそうになるまで、先生のオマ○コ貸してあげる」

「ふぇっ⁉」

「別にいいでしょ？　一回ヤッちゃった仲なんだし。うふふっ。こんなこともあろうかと、パンツ脱いでおいたのよ」

悠斗は先ほどからイキっぱなしの煉華の女性器からペニスを抜くと、その下にある女教師の華芯に差し向ける。

すでにのどかのヴァギナは奥まで充分濡れていて、結合はスムーズだった。

「あはあんっ。やっぱり若い子のオチンチン、硬さが違うわぁ――んはあぁぁん！」

すると完全にへたり込んでいた煉華が後ろを向き、こちらをムッと睨んできた。

「らめぇっ！　ご主人さまのオチンチンは私のモノらのぉ！　浮気しちゃらめぇぇっ！」

「あはんんっ！　もう、何聞き分けのないこと言ってるのぉ」

「ヤダヤダっ！　ご主人さまは私だけのご主人さまなのおぉおっ！」

再びフリフリと尻を振り、再度の結合を露骨にねだってくる。口を尖らせてこちらを睨む瞳には、ぶわっと大粒の涙が膨れ上がった。

「わ、わかったから、わかったから、泣かないで！」

悠斗は慌ててのどかとの結合を解き、再び煉華の尻を抱いた。

「ふにゃぁあぁぁあッッ！　ああっ、イッちゃうっ、イッちゃうにゃあああん！」

ビクンっ！　ビクビクビクビクっ！

ヤキモチ焼きな牝猫少女は、たったの一往復で再び派手に絶頂してしまう。

暫く獣が咆哮するポーズで全身をビクつかせていたが、絶頂の衝撃が去ると力みが消えて再びドサッと女教師の上に顔を落とした。

激しすぎたエクスタシーの余韻に、口の端から涎を垂らして「っひぃィ、んひぃ」と引き攣った吐息までも漏らし始める。

「もう、そんなに自分だけイキまくってちゃ、肝心の種付けをしてもらえないわよぉ」

「ら、らってへぇ……」

そんな牝猫少女に女教師が、はぁっ、と溜め息をつく。

「しょうがないわねぇ。それじゃあ私と代わりばんこにシテもらうってことでいいわね？」

「くッッ…………ッ……」

「ご主人さまに種付けしてもらえなくってもいいの？」

「ふにゅぅっ……わ、わかったにゃん……」

「と、いうことになったわよ、ご主人さま」

グスグスと鼻を啜っている煉華の頭をヨシヨシと撫でながら、のどかがこちらに向かってウインクしてきた。

——か、代わりばんこ……ってことはつまり……。

「はにゃああっっ！　またイクっ！　イッちゃうにゃあああぁんッッ！」

「いいわよぉ！　イイッ！　もっとズンズン突きまくってえぇぇぇぇっ！」

二人の女性器を行ったりきたりする、ねちっこい鶯《うぐいす》の谷渡りが始まった。

片やほぼ全裸に首輪を嵌めた牝猫美少女。

片やスーツ姿でパンティだけ脱いでいる女教師。

女性器のコンディションも対照的で、すでに一度中出しをされてビクつきっぱなしの若い牝華と、適度に濡れて奥の膣襞まで性にこなれている蜜壺。

——どっちのアソコも、すっごく気持ちいい！

幼馴染みに呂律の回らない喘ぎ声を散々叫ばせてから、女教師とねっとりと濃密なセックスを楽しむ。その間、ヤキモチ焼きの牝ペットが後ろを向いてくると、グズらないよう猫じゃらしのように指を差し出した。

「ふにゃ～ん。ごしゅりんさまぁん」

するとは自ら舌を出し、媚びるようにペロペロと指を舐めてくる。その姿は大好きなご主人さまに甘える牝猫そのものだ。試しに舌を出してみると、煉華はさらに積極的にむしゃぶりついてきた。

その間、下半身は女ボディーガードと濃密なセックスを続けている。

たまらないシチュエーションだった。

「っくふぁ、も、もう……も、もう僕もイッちゃいそう！」

いくら続けての二回目でも、瞬く間に限界まで達する。

長いストロークだった腰の動きが、すでに絶頂直前の小刻みなものに変わっていた。

悠斗がそう漏らしたとき、ペニスはまだのどかの中だ。

「はぁあんっ！　いいわよぉ！　このまま先生の中で目いっぱい楽しんでから、最後の最後に牝猫ペットにトドメの種付けしちゃいなさい！」

女教師の言う通り、ギリギリまで彼女の中で射精欲を高めておくつもりだった。

「も、もうイクからね！　煉華ちゃんの中にもう一発、思いっきりぶちまけちゃうからね！　アソコに意識を集中させて待ってるんだよ！」

「ああんっ！　欲しいにゃん！　ご主人さまのオチンポミルクで、煉華のお腹をポンポンにしてほしいにゃん！　もう一回、たっぷりドプドプしてほしいにゃん！」

すでに一度目の中出しと、その後のセックスでドロドロになった女性器がモノ欲しそうにヒクついている。後背位による性交で散々弾ませた小尻が桃色に上気していて、その素晴らしい抱き心地を己の下腹部に思い出させた。

悠斗は激しくのどかと交わりながら、煉華のくびれたウエストを左手で掴んだ。万が一にも的を外さないように視線は一点に集中している。

「あああっ！　いくっ！　もう、イッちゃううぅぅうぅっ！」

叫ぶと同時に大きく腰を引き、ぬぽっ、とのどかからペニスを抜いた。

愛液にまみれた肉棒を右手で掴み、あらかじめ左手で掴んでいた煉華の腰を抱き寄せる。

ハメ慣れた牝穴のど真ん中に、絶頂寸前の男根を寸分の狂いなく一気に突き入れた。

「んはあぁ」

ペニスがヴァギナに触れると同時に煉華は仰け反り、

「あぁああぁぁッッ！」

肉先が子宮に到達したときには顎を限界まで反り返す。

ビクビクと愉悦に痙攣する膣襞たちに引き絞られ、射精をギリギリで耐えていた男根が脈動を開始する。

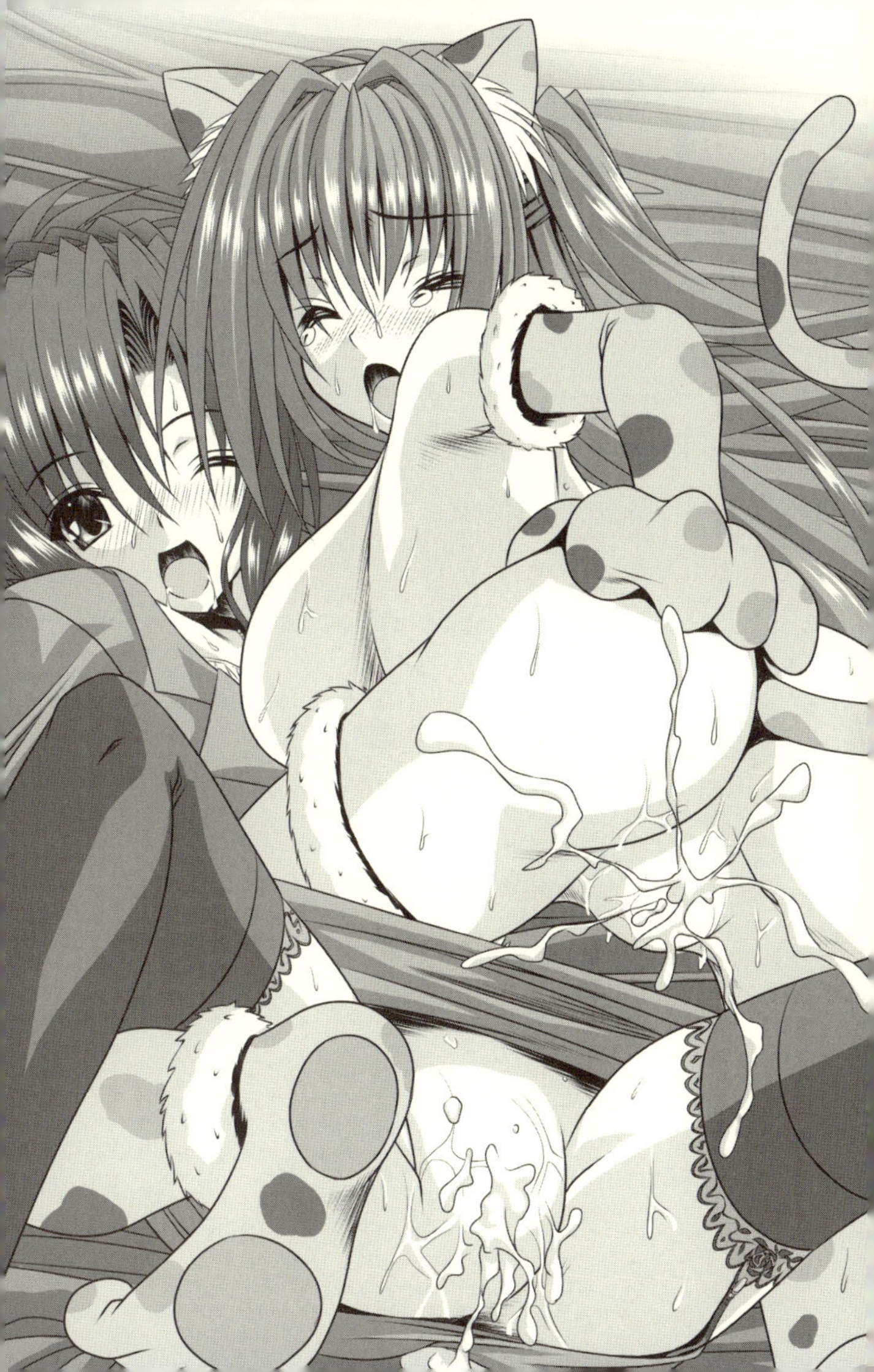

ドリュン！　ドプどぷッ！　ドグドクどぐどぷンッ！

女教師の膣内でたっぷりと練り上げた性衝動を、幼馴染みの膣内で思いっきりぶちまける。すでに一度、たっぷりと中出しされているだけに、がっちりと噛みあった性器同士の結合部から逆流したザーメンが、ぶくぶくと大量に溢れ出す。

「はっ！　くふぁ！　はにゃ！　ふぁ！」

立て続けに二度も盛大に中出しされて、煉華は崩れるようにのどかの上にへたり込む。

悠斗は全てを吐き出し終えるとくびれた腰を離し、ペニスをゆっくりと引き抜いた。

はぁ、と甘い溜め息をつき、改めて幼馴染みを眺める。

絶頂しすぎた煉華は意識を失ってしまったようだ。文字通り子猫のように身体を丸めて、スースーと寝息を立てている。

「まったく我儘な子猫ちゃんだったわねぇ」

煉華の下から這い出していた女ボディーガードが、雇い主の頬を指先でツンツンと突ついて微笑んでいる。彼女にもいまだセックスの余韻が残っているようで、横顔にはほっこりとした赤みを帯びていた。

そんな色っぽい女教師の顔が、不意にこちらに向けられる。

「多々良くんのご主人さまっぷりにも問題あったわよぉ」

のどか指先が今度は悠斗のオデコをツンと突いてきた。

「煉華さんと一緒になったら、君がこの子の本当のご主人になるんだから、今のうちにしっかりしておかないとね」

そのセリフに悠斗はキョトンとする。

彼女の言う一緒になるとはつまり『結婚』のことで、ご主人とは『夫』のことだろう。

自分がこの超お嬢さまの煉華と結婚する？　夫になる？

二人の立場が違いすぎることを自覚してからは、考えもしなかったことだ。今までの種付け行為だって、あくまで彼女の意に沿わない政略結婚を阻止するためのもの。

しかし煉華が見事に自分の赤ちゃんを妊娠すれば、必然的にそうなることに——なるのだろうか？

「…………」

煉華と結婚する状況を想像してみた。自分の性格を考えると、不安や怯えのようなものが湧き上がってくるはずだ。しかし——ドキンどきんドキン！

胸が異様に高鳴るだけで、まったく嫌だとは感じない。むしろ、どんな困難にも立ち向かい、彼女と二人で乗り越えていきたいと、余計な闘志まで燃えてくる。

——おかしいよコレ。なんかヘンだ……。こんなの僕らしくない……。

幼馴染みの安らかな寝顔を見つめながら、自分の胸の内に芽生えている未知の感覚に首を傾げる悠斗だった。

第六章　花嫁奉仕　ウエディングドレスは脱がないで！

大安吉日の日曜日。今日は煉華の結婚式当日だった。

悠斗は昨日の晩からずっと自宅のベッドの中で悶々としている。

勉強机の上には母親が用意してくれたご祝儀袋が乗っていた。

結局、あれだけのことをしたにも関わらず、彼女は妊娠しなかったのだ。

無論、煉華本人が望んでいない結婚式に出席するつもりはない。しかし、式のことが気にならないわけもなかった。

何度となく時計を見ては、はあ、と深い溜め息をつく。

——もう、クラスの皆は式場に集まってる頃かなぁ……。

煉華のウエディングドレス姿が脳裏に浮かび、悠斗は何かから隠れるように頭から掛け布団を被った。

自分はやれるだけのことはした。

彼女を妊娠させるために、排卵日に合わせて禁欲もしたし女装して女湯にまで入った。

そんなことがもしバレたら停学どころか、警察沙汰になるようなリスクまで冒して、彼女の希望に沿い続けたのだ。

もう充分だ。幼馴染みとして、仲のいい友達として、できるだけのことはした。

「……はぁ」

なのになんなんだこの胸のモヤモヤは。

最初、煉華が結婚をさせられると聞いたときに感じたのは、可哀そうだなぁ、という同情に近い感情だった。今時、会ったこともない人と無理矢理結婚させられるなんて、本人がそれを望んでいないだけに、理不尽すぎると怒りも感じた。

親しい幼馴染みがそんな目にあわないようにするためなら、自分にできることならなんでもしようと思った。そして轟乃宮家の一人娘である彼女の立場や、昔からよく知っている『お祖母さま』の強引さを考えると、確かに今回の結婚話をキャンセルさせるには、煉華が妊娠するぐらいのことをしないと無理だとも思った。

だからこそ、まさにこの身を挺して協力してきたのだ。

それはあくまで親しい幼馴染みの窮地を救うため。

それ以上でも、それ以下でもなかった。

……そのつもりだった。

しかしいざ煉華が自分以外の男に抱かれるんだと考えると――。

ズキンッッ！

「……っくぅ」

胸が痛む。

具体的に、キリのような鋭く尖った凶器で心臓を刺されでもしたかのような痛みが走る。

これで煉華が自分以外の男に孕まされ、ぽっこりとお腹の膨れた姿を目にしたら、この本来あり得ない痛みによって死んでしまうかもしれない。

——なんなんだよぉ……。なんなんだよコレわぁ……。

自分は何か特殊な病にかかったのかもしれない。

悠斗は頭から掛け布団を被ったまま、自分の陥った病気の症状を考えてみる。

煉華のことを考えると胸がドキドキする。

煉華が他の男に抱かれると思うと死ぬほど胸が痛む。

煉華のことを——。

「…………ん？」

この症状って何かに似てないか？

マンガやドラマや映画でよく目にする……。

悠斗はガバッと起き上がった。

「……そ、そーいう……ことなの？」

彼女のことを考えると胸が高鳴るようになったのは、自分が異性を意識するようになった頃だった。これは単に煉華の図抜けたルックスに、目覚めたばかりの男の本能が即物的に反応しているんだと思っていた。ようは水着姿のグラビアアイドルを見ているようなものなのだと。

しかし、他のどんなに綺麗な女性を見たってこんなふうにはならない。

そもそも悠斗は、煉華よりも魅力的な女の子がこの世にいるなんて思えない。

……こんなふうに彼女のことを想うってことはやっぱり……。

「……僕…………煉華ちゃんのことが……」

この胸のドキドキの正体がなんなのか、わかると同時に勢いよく立ち上がっていた。

時計を見る。煉華の結婚式の開始までほとんど時間がない。

悠斗は机の上にあるご祝儀袋を手に取ると、自分の部屋から慌てて飛び出していった。

※

悠斗は煉華の結婚式場にタクシーで向かっていた。

「式場に急いでください！　僕の——僕たちの人生がかかっているんです！」

「なんだよ兄ちゃん。惚れた女の結婚式に乗り込んで、花嫁でもかっさらう気か？」

まさに運転手のオジサンが言う通りだった。少年が強張った表情でコクッと頷くと、それをバックミラーで見たオジサンがニカッと笑う。

「へへへっ。面白いじゃねえか！　こーいうのを待ってたんだ！　お兄ちゃん、しっかりと掴まってな！」

渋滞気味のメインルートをノロノロ走っていたタクシーが急転回。いきなり裏道に入ると、オジサンが一気にアクセルを踏み込んだ。

「おわっ⁉」

突然の急加速に背中を思いっきりバックシートにぶつける。

しかし暴走したタクシードライバーは、そんな客にお構いなく、毛細血管のような細い道をエンジン全開で全力疾走し始めた。

「どけどけどけぇぇぇい！　花婿さまのお通りでぇぇぇぇぇぇぃぃ！」

いつもの悠斗なら悲鳴を上げているところだが、このときばかりはオジサンと同じように車内で雄叫びを上げていた。

信号ナシのアクセルベタ踏みで、式場にアッという間に到着する。

「ありがとうございました！　おつりはいりません！」

悠斗はご祝儀袋をそのままタクシーの運転手に放り投げると、結婚式場に駆け込んだ。

「えーと、煉華ちゃんはいったいどこで……あっ」

迷うまでもなかった。入り口すぐのところにデカデカと『轟乃宮家結婚式』と看板が出ていて矢印まで書いてある。

悠斗はそれに従って式場の敷地内にある教会まで辿り着いた。

——よーし、言うぞ。言っちゃうぞ！

テンションを上げまくった状態で教会の扉を——ソッと開く。

何しろ外からでは中の状況がわからない。もし、煉華がその場にいないシチュエーションだと、とんでもない間抜けになってしまう。

「！」

見事なステンドグラスに囲まれた祭壇に、ウエディングドレス姿の煉華が立っていた。俯き気味でベールもしているために、彼女がどんな表情をしているのかここからではよくわからない。ちなみに彼女の参列者席の後方は、クラスメイトたちで埋まっていた。

対して向かいに立っているのは、正装した二十代半ばぐらいの長身の男性。目鼻立ちがハッキリしていて遠目からでもわかる二枚目だ。

「汝、この者を生涯の伴侶として愛すことを誓いますか」

「誓います」

隣の男が力強く宣言する。続いて神父が煉華に問う。

「汝、この者を生涯の伴侶として愛すことを誓いますか」

悠斗の全身に熱い血潮が駆け巡る。

今だ。まさに今が自分の出番だ。

でも、なんて言おう。

とりあえず『ちょっと待ったぁぁぁっ』と叫ぶところだなと思い、すぅぅぅ、胸いっぱいに息を吸い込んだ。

僕は今、この瞬間のために生まれてきたのだ。

悠斗が己の運命を確信し、腹の底から魂の叫びを迸らせようとした——その寸前。

「誓いません！」

煉華の叫びが、教会中にこだました。

教会の入り口で身体を反らし、今まさに叫ぼうとしていた悠斗は、

「ふえっ？」

と溜め込んでいた息を間抜けな声にして漏らしてしまう。

静まり返っていた教会内に、ざわっ、と異様などよめきが起こった。

「愛してない男と結婚なんて、できるわけないでしょ！」

煉華は唖然としている花婿にブーケを叩きつけると、花嫁側参列者の最前席に向かって振り返った。

彼女の視線の先には小柄で品のいい、煉華と同じ見事な赤髪の老女が座っている。

「これまでお祖母さまの命令には全て従ってきましたけど、これだけは譲れません！」

煉華が相対している相手こそ、彼女がこの世で唯一頭の上がらない人物。

現轟乃宮家の最年長者にして家長——轟乃宮鉄子刀自《てつことじ》に違いない。

「煉華。貴女は轟乃宮の家に生まれたんですよ。我儘は許されません」

決して大きな声を出しているわけではないが、その凛とした声は教会の一番後ろにいる悠斗の耳にもはっきりと届いていた。

「貴方も轟の女ならば、轟の女としての生き方を全うしなさい」

名家の家長らしい簡潔な祖母の反論に、煉華は激しく頭を左右に振った。

見事な赤毛のロングヘアが、炎が燃えるように激しく踊る。

「これは我儘ではありません！　違うんです、お祖母さま！　私が轟乃宮の女だからです！　私が轟乃宮の女だからこそ、自分が生涯添う相手は自分で決めたいのです！」

おそらく煉華がこれほどはっきりと『お祖母さま』の意向に反抗したのは、キララの一件以来だろう。

「……れ、煉華」

鉄子刀自の声に初めて動揺の揺れが生じた。

——あのおばあさんが……なんだかちょっと小さく見える……。

姿勢はずっと変わらないのに、悠斗の目には今の鉄子が歳相応の小柄な老婆に見えた。

対して煉華はウエディングドレスのスカートをソッと掴んでとても上品に膝を折り、祖母に対してゆっくりと頭を下げる。

気品に溢れたその物腰は、まさに生まれながらのプリンセス。

「ごめんなさい、お祖母さま。私は轟乃宮の女らしく、自分の生き方は自分で決めます」

しかし煉華は鉄子刀自へのあいさつを終えると、一転してせわしなく己のハイヒールを脱ぎだした。そして手にしたヒール部分を「ふんっ！」と気合い一発、バギッとへし折って行動しやすいフラットな靴にして履き直す。

「……あ、あの……煉華さん、いったいこれは……」

ブーケを叩きつけられてから、ことの成り行きにずっと目をパチクリさせていた花婿が問いかけると、

「うるさい！　アンタと子作りするなんて、家を捨てるよりも嫌だって言ってんのよ！」

今度はへし折ったばかりのヒールを投げつける。そして煉華はフリルのたっぷりついたウエディングドレスを靡かせて壇上から飛び降りた。

純白の長いスカートを両手で掴み教会の出入り口――こちらに向かって走り始める。

すぐに悠斗の存在に気付いたようで、青い瞳を大きく見開いた。

「悠斗！」

「煉華ちゃん！」

少年は走りくる花嫁に求婚するため、床に片膝をついて両手を広げた。

「ぼ、ぼぼぼ僕はきみ、き、きみ、君のことを……」

しかしいざとなると緊張してカミカミだ。

「このバカあぁぁあぁぁっ！」

対して煉華は全力疾走。最後まで立ち止まりはしなかった。

そのまま悠斗の立てている片膝にガッと左足で飛び乗ると、スピードに乗ったまま、
ドガしぃぃぃぃぃぃぃぃぃぃん！

右の膝で悠斗の顔面を綺麗に打ち抜く。

「――ぷぎゃぁ⁉」

悠斗は求婚のポーズをしたまま盛大に鼻血を噴き出し、真後ろに吹き飛んだ。

煉華絡みで事を起こすと、いつも鼻血を出している気がする。

「もっと早く来なさいよ！　昨日からずっと待ってたのよ！　あんたがあんまり遅いから、
結局自分で式をぶち壊すハメになっちゃったじゃない！」

「……ご、ごめん」

――そ、それでも、いきなりシャイニングウィザードはひどいと思う……。

「ほら、いつまでグズグズ寝転んでるのよ！　さっさと逃げるわよ！」

「う、うん……」

結果、煉華に手を取られて起き上がり、彼女に先導される形で逃げ出すことになった。

逆だよ、逆。と思ったが、ツッコミを入れている暇はない。純白のフリルを靡かせる幼馴染みの背中に必死でついていく。

と、あまりの急展開に唖然としていた参列者たちが我に返った。

「お、おおい、お前たち！　何をボケっとしてるんだ！　さっさと煉華を連れ戻せ！」

動揺と怒りの入り混じった怒鳴り声が後ろから聞こえる。おそらく煉華の父親だろう。すぐに黒服たちが後ろから追いかけてくる。

「ひぇぇぇ～。ま、まずいよ煉華ちゃん！」

悠斗が後ろを振り返り、情けない悲鳴を上げたその直後である。

「ここはまかせなさい！」

のどかだった。両手を広げて自分たちと黒服の間に立ち塞がる。

だがいくらなんでも多勢に無勢。どれほど彼女が凄腕のボディーガードでも、あの人数を相手に一人で食い止めることはできないだろう。しかし――。

「先生！　俺たちも加勢するよ！」「ツンデレ姫は我らが守る！」

式に出席していたクラスメイトたちが担任教師の両脇に並んでいき、瞬く間に廊下を封鎖してしまう。いくら轟乃宮の黒服でも、人目があるこんな場所で、学生相手にあからさまな暴力は振るえないだろう。

「みんな！　引き出物に薩摩切子のセットがあるから、まずはそれを出しなさい！」

しかも担任教師自ら、高級硝子工芸品を黒服たち目がけて投げだし始めた。

「タマが切れたら、次は引き出物のブランデーを火炎瓶にしてやるわよぉ！」

「先生、マジでパネェっすね！」

「のどかの『か』は過激屋さんの『か』って言われてるのぉ！」

「だいたいそんなところだと思ってました！」

「おらおらおらおら！」

「アンタたちもどんな手使っても逃げきりなさいよ！　勝てば官軍なんでしょ！」

かつて煉華と対立していた女子生徒たちまでもが協力し、担任教師の過激な指揮のもと、黒服たちを寄せつけない。

「ありがとう……ありがとう、みんな！」

あの煉華が涙ぐみ、そんなクラスメイトたちに手を振っている。

結果、二人は黒服たちに捕まることなく、結婚式場の外まで飛び出すことに成功した。

「とりあえずタクシーを拾うわよ！」

煉華が公道に乗り出すようにして手を上げる。

「あっ。ちょっと待って煉華ちゃん……。実は僕…………お、お金を持ってない……」

「はぁ？」

「……い、いや、急いで出てきたから家に財布を忘れちゃって……」

ウエディングドレス姿の煉華がお金を持っていないのは聞くまでもない。

「もう、本当に使えないわね！　悠斗のグズ！　のろま！　種なし！」

花嫁をさらいに来たのに逃走資金を忘れ（グズ）、結婚式をぶち壊すつもりがその前に花嫁にぶち壊され（のろま）、それ以前に企てた妊娠計画も失敗に終わった（種なし）。

「……う、ううぅっ」

罵りの一つ一つが全て事実を言い当てていて、少年を涙目にさせる。

と、そんなときだった。

ぷぷーっ、と車のクラクションの音が聞こえた。

そちらに視線を向けてみると、悠斗がここに来るときに乗ったタクシーのオジサンが身を乗り出すようにして手招きをしている。

「上手くいったみてえだな兄ちゃん！　早く乗れ！」

煉華が『んっ？』と首を傾げたが、詳しい事情を話している暇はない。悠斗はここで初めて花嫁の手を引いて前に駆けだす。

二人でタクシーの後部座席に乗り込むと、行き先を聞く前に運転手のオジサンがアクセルを踏み込んでくれた。

瞬く間に結婚式場が遠ざかっていき、悠斗は安堵の溜め息をつく。しかし――。

「あ、あの……オジサン……じ、実は僕たちお金を持ってなくって……」

オズオズと運転席に喋りかけると間髪いれずに「馬鹿野郎！」と怒鳴られた。ひぇっ、と悠斗が身を仰け反らせ、ごめんなさいと謝る前に怒鳴り声が続く。

「んなもん俺からの祝儀に決まってんだろう！　行きたいところを言いな！　道の続いて

るところなら、どこまででも乗せてってやるぜ！」

悠斗は煉華と顔を見合わせると、二人同時に破顔した。

「ありがとうオジサン！」

花嫁は身を乗り出すようにして、運転席のオジサンに抱きつきかねない勢いだ。

「ほー。こりゃすげえべッピンさんだな。お兄ちゃんみたいなナヨっちい野郎が、トチ狂ってバカするのもわかるってもんだぜ」

オジサンはガハハハハッと豪快に笑い、バックミラーでこちらに視線をチラリと向けてきた。そして今度はニヤリと渋い笑みを浮かべながら口を開く。

「いいツラになったな兄ちゃん」

どうやら煉華の膝蹴りによって膨れた片頬のことを言っているようだ。

「それ、このお嬢ちゃんの旦那になるはずだった男にカマされたんだろ？　名誉の負傷てやつだな。お嬢ちゃん、しっかりと看病してやれよ」

とても真相を言える雰囲気ではない。チラリと隣の花嫁を見ると、余計なことを言うんじゃないわよ、という表情でギロリと睨まれた。

「さて。——それでどこに行く？」

タクシー運転手の問いに、二人は改めて顔を見合わせた。

悠斗の家や、煉華のプライベートマンションなどには、真っ先に轟乃宮の追手が向かっているとことだろう。

どこかないだろうか。

お金がかからず、身を隠せそうな場所は――。

「……あっ」

悠斗はハッとした。

一つだけ思い当たる場所がある。

「オジサン、それじゃあ――」

※

「ふわー。あんまり昔と変わってないね」

悠斗は中を見渡して、感慨深い溜め息をついた。

あれから――。

親切な（？）タクシードライバーに連れてきてもらったのは、幼い頃、二人が秘密基地にしていた小屋だった。鍵の隠し位置もそのままで、無事に入ることができた。

「はぁ～あぁ。もう、今日は散々だったわ」

ウエディングドレス姿のまま、煉華が仮眠用ベッドの上に腰を下ろす。

「……う、うん」

悠斗も一つ頷き、彼女の隣にオズオズと腰を下ろした。

結婚式場からいろいろあってここまで来たが、まだ肝心なことを言ってない。

言わなければ。自分の気持ちを。

思えば、ただの幼馴染みに過ぎない自分と煉華は子作りしてたのだ。

いくら会ったこともない男と結婚したくないためとはいえ、物凄い思いきりである。

それもこれも彼女の場合、周りにいるのは皆轟乃宮家の人間ばかりで、適当な男が自分ぐらいしかいなかったためだろう。

それはわかってる。

そして、こんなときに、こんなことを言うのは卑怯な気がしないでもない。

それでも言わずにはいられない。

やっと気付いた――否、やっと自覚した自分の気持ちを。

「……れ、煉華ちゃん」

何度も生唾を飲み込んでから、絞り出すように幼馴染みの名前を呼んだ。

「な、何よ」

こちらのただごとならない緊張した気配を察したのか、お嬢さまが軽く上半身を仰け反らせる。対して悠斗は前のめり気味に赤毛の少女に顔を近づけた。

「あ、あの……、そ、そのぉ……。ぼ、ぼぼ僕、あ、あの……煉華ちゃんのことが……そ、その……す、すすすす――」

彼女と会うたび、胸がドキドキする正体を思いきって口にする。

「好きです！」

悠斗は顔を真っ赤にして叫んだ。

対して煉華は――口をポカンと半開きにして唖然としている。

「…………………はぁ？」

眉間に軽く皺を寄せて、意味不明な異国語でも聞いたような顔だ。

どう考えても、告白した女の子が取るリアクションじゃない。

おかしい。おかしいぞ。

異性に告白する際に、好きです、って言うのは常識のはず。

一世一代の覚悟を決めて投げ込んだど真ん中のストレートを、ボールと判定されたのだから戸惑わずにいられない。

「い、いや……だから、その、ぼ、僕は……れ、煉華ちゃんのことが……」

「アンタ……今更、何言ってるの？　そんなこととっくの昔から知ってるわよ」

「……ふぇっ？」

そんな馬鹿な。

何しろ本人が、今朝やっと自覚したのに。

今度はこちらがポカンとする番だった。

そんなこちらのリアクションに、煉華の眉がピクンと吊り上がる。

「ひょっとして、忘れてるわけじゃないでしょうね？　ここで昔した話」

悠斗の背中に冷たい汗がツーッと流れた。

「は、ははは、わ、忘れるわけないよ、うん」

「そうよね」

煉華にしては珍しくこちらの動揺を追及することなく、遠い目をして前を見た。

何かを思い出している表情で、先ほど一瞬漲らせた怒気を霧散させ、とても優しい笑みを浮かべる。

「……キララちゃん……。今頃、どうしてるかなぁ」

キララ――悠斗はその名前を聞いて両目を見開く。

無論、よく覚えている。

まだ二人が幼かった頃、ここで飼っていた子猫の名前だ。

この小屋に煉華と二人で隠れ、そしてキララという名前を聞いたことにより、今までほとんど忘れていた当時の思い出が鮮烈に蘇ってくる。

生まれたばかりの捨て猫だったキララを飼う際、自分が父親役で彼女が母親役になることにした。そしてある日、彼女がキララを抱っこして悠斗と二人で散歩しているときに、轟乃宮家の者に見つかってしまったのだ。

野良猫を飼うことに反対していた『お祖母さま』の意向で、キララは取り上げられてしまった。そんな大人たちの判断に対し、当時滅多に感情を表に出さなかった煉華は『キララを返して』と泣き叫んで懇願した。生まれてすぐに母親を亡くし、多忙な父親とは年に数回しか顔を合わせられない彼女にとって、キララは日常を一緒に過ごすことのできた初めての『家族』だったのだろう。

しかし、その願いは聞き入れられなかった。

猫好きな者に飼わせることにした、と言われたがおそらくそれは煉華を泣きやませるための方便。以降、キララとは会っていない。

あの祖母のことだ。それなりの『処理』をしたのだろう。

それからである。

大人しかった煉華の性格が、今のように変わったのは。

彼女なりに、大切なモノを守るためには強くならなければいけないと考えたのだろう。

——そ、そういえば……。

あの幼い日、キララの兄弟をいっぱい作ろう、と彼女は言っていた。

一人っ子じゃ寂しいからと。正確な子供の作り方など知らない二人は、ただ笑顔で見つめあっていれば、赤ちゃんが授かると考えていた。

その際、彼女に自分が好きかどうかを聞かれて、元気よく頷いた覚えがある。

煉華はあれからずっと、悠斗は自分が好きなのだと思っていたということか……。

当時の煉華はとしても物静かな少女で、それだけに大人びていたのかもしれない。

悠斗の『好き』は子供のそれだったが、煉華の『好き』は、今の自分が彼女に対して抱いている『好き』だったのかもしれない。

──ひょっとして、あれからずっと僕のことを？

のどか先生が言っていた。

十年も同じ相手と同じクラスになるような偶然があると思う、と。

その本当の意味をやっと理解した。

『好き』な相手と別れないために、自分のような引っ込み思案な男でも、結婚式に乗り込んで花嫁をさらおうと思ったのだ。

轟乃宮の一人娘が本気で望めば、そのような『偶然』も起こるだろう。

──そっか、そうだったのか……。

運命の赤い糸は、轟乃宮家の赤毛で紡がれていたのだ。

「煉華ちゃん」

「なによ」

「好きだ」

「……本当に、どうしたのよさっきから？」

「僕は煉華ちゃんが好きだ」

「……ゆ、悠斗」

「僕と結婚して欲しい」

少年の真剣なプロポーズに幼馴染みはその青い瞳を見開いた。

視線はジッとこちらに固定されているのに瞳孔の大きさが激しく変化し、さまざまな感情がその瞳に浮かんでいく。そして目元にうっすらと潤みの膜が浮かんだとき、

「…………うん」

煉華は子供のように小さくコクッと頷いた。

少年がゆっくりと顔を近づけていくと、少女はソッと瞼を閉じる。

ウエディングドレスの花嫁に、誓いのくちづけをした。

しっかりと唇を重ねあわせてから、悠斗はゆっくりと顔を離して閉じていた瞼を開ける。

数瞬遅れて煉華もうっとりと瞼を開けた。

少し潤んだままの青い瞳が上目遣いでジッとこちらを見上げている。その表情が、ここで子猫を飼っていた頃の大人しかった彼女とダブる。

身震いするほど愛おしい。

したい。この煉華と愛しあいたい。

これまでの結婚を阻止するための子作りではなく、純粋に目の前の女の子と――。

「煉華ちゃんと……愛しあいたい」

両腕でギュッと最愛の人を抱き締めた。

「……悠斗」

「なに？」

「い、今までアンタがいろいろと……その……私を孕ませるためにいろいろしてくれたから……だからその……も、もうこれで私はアンタのお嫁さんになることが決まったんだから、その……今だけは……私からアンタに気持ちいいことしてあげる」

「ふぇっ⁉」

思ってもみなかった提案に目を丸くすると、それまでとても優しい表情をしていた煉華がその顔をハッとさせた。直後、お嬢さまは顔を真っ赤にしたまま人差し指をビシッとこちらに向けて突き立ててくる。

「い、いい今だけだからね！　別にお嫁さんとして喜んでもらいたいだとか、アンタに少しでも気持ちよくなってもらいたいだとか、そんなことこれっぽっちも考えてないんだからね！　遅刻したとはいえ一応、私を結婚式から助け出しにきてくれたそのお礼よ！　勘違いするんじゃないわよ！」

一方的にそう捲し立ててくる煉華に対し、悠斗はガクガクと頷くことしかできなかった。

「ふん。わかってればいいのよ。……そ、それじゃあ後は私がいろいろしてあげるから、アンタはジッとしてなさい」

簡易ベッドに腰かけている少年の前に、幼馴染みが膝をついた。

——うわぁ……。なんだかこの眺めだけで……

今の煉華は胸元が大胆に開いたドレス姿だ。ただでさえ彼女を見下ろすような構図が珍しいのに、この位置からだと深い胸の谷間がより強調して見える。別にまだ何をされたわけでもないのに、それだけでズボンの前が窮屈になってきた。

「……い、いろいろと、のどかさんに教えてもらったのよ……。そ、その……大人のレディーの嗜みとしてね……。別にアンタのためってわけじゃないんだからね」

何やら言い訳じみたセリフを口にしながら、煉華の指がこちらの股間に伸びてくる。

純白のレース手袋に包まれた細い指がファスナーを下ろし、中からゆっくりとペニスを取り出した。すでに芯の入った状態の肉棒を手にして、お嬢さまがチラリとこちらを見つめてくる。

「……悠斗のエッチ」

「だ、だって……今の煉華ちゃん……すっごく可愛いんだもん」

「……ば、ばか。…………じ、自分の嫁にお世辞を言っても意味ないわよ」

正直な悠斗の感想に、煉華はポッと頬を赤く染めて視線を伏せた。

ただでさえ雪のように白い肌をしているのに、今の煉華は純白のウエディングドレス姿。

それだけに頬の赤みがよく映える。

——ホ、ホントに……たまんなく可愛い……。

ビビンっ、と彼女に握られていた芯入りペニスがそれだけでフル勃起した。

「も、もう……とことんエッチな旦那さまね」

さらに頬の赤みを濃くした花嫁が「特別サービスよ」と囁き、その美貌をこちらの股間に寄せてきた。桜色の唇を大きく開き——かぷっ。

「ふひゃぁ⁉」

剥き身の男根をいきなり咥えられる。

肉幹を引き絞る唇のプリンとした弾力。裏筋を優しく這う舌のしなやかさ。

温かな口腔粘膜にぱっくりと包まれている心地よさが、肉棒の芯まで染みてくる。

——き、気持ちいい～。

煉華に咥えられるのは、初体験後にのどかからエッチのレッスンを受けたとき以来だ。

しかも、あのときは射精するギリギリ手前だったので、舌や唇の奉仕は受けていない。

実質、初のフェラチオ経験である。

「はひゃあぁ～」

股間のごく一部を咥えられているだけなのに、まるで肩まで温泉に浸かっているような
蕩けるような心地よさである。顔もだらしなく弛緩して、口が半開きとなり気付かないう

ちに涎まで垂らしてしまっていた。

　そんなこちらの様子を上目遣いで見ていたお嬢さまの瞳が、嬉しそうに細くなる。

「うふふっ。悠斗ったらそんなに気持ちよさそうな顔しちゃって。……もしイキたくなったらそのままイッちゃってもいいからね」

「えっ⁉」

「……口の中で出した分は全部飲んであげるから」

　煉華自らのゴックン宣言に悠斗は目を丸くする。

「で、でも中出ししないと赤ちゃんが……」

「もうこうして二人で駆け落ちしたんだから、無理して妊娠する必要はなくなったじゃない。……だから、今まで頑張ってくれた分……いろいろお返ししてあげる。ほら、なんかリクエストがあれば言いなさい。……な、なんでもシテあげるわよ」

「お、お返しってそんな……」

　煉華が自分に対してサービスしてくれるという。その信じられない状況に悠斗は戸惑っていた。ひょっとしてまた、何やら怪しい催眠術にでもかかってるんじゃないかとすら考えてしまう。

　そんなこちらのリアクションにお嬢さまの瞳が吊り上がる。

「もう！　ホントにグズな男ね！　アンタは私の命令通り、私に命令すればいいのよ！」

やはりいつもの煉華だった。言ってることがムチャクチャである。

「そ、そんな……い、いきなりそんなこと言われても――っくふゃぁっ！」

痺れを切らした煉華の口がお喋りではなく、おしゃぶりに戻る。

耳にかかる赤毛を掻き上げながら瞳を閉じて、口腔奉仕に没頭し始めた。

――こ、これが……ツンデレのデレモードってやつ？

先日の催眠術ニャんにゃんエッチとは意味が違う。今まで通りの意思を持ったまま、言葉遣いすらそのままで、こんなことまでしてくれるとは。

「んちゅんっ……しゅごい、んちゅんっ……あつくれ、がっちかちれぇ、レロんちゅん」

当初は恐る恐るだった舌の動きがだんだん滑らかになってきて、今では亀頭の形をなぞるようにヌルヌルと這っている。

ぬちゅン。レロろろろッ、ムチュ――かぽかぽかぽっ。

さらに喉の奥を突かないよう注意しながらであるが、たどたどしく首までも振り始めた。

瑞々しい唇に肉幹部分をしごかれてプリプリした快感が弾け続ける。

――気持ちいいのはモチロンだけど、煉華ちゃんにシテもらってるってのがたまんない～。

悠斗はハアハアと息を乱しながら、献身的な奉仕を続ける幼馴染みを見つめていた。すると煉華が何かを思いついたような顔をして、咥え続けていたペニスから一旦口を離す。

「ねえ、悠斗。アンタ、いつもエッチするとき、私のおっぱいガン見してるわよね」

そ、そうなのか？

特別に意識していたわけではないが、言われてみれば自然と視線が向いていたとは思う。何しろこのビッグサイズ。彼女を見ればどうしても視界に入ってしまう。

「……おっぱいで……シテあげよっか？」

「……えっ」

「パ、パイズリっていうんでしょ？　男の子はおっぱいに挟まれたりするのも好きだってのどかさんに聞いて……。お、女の私にはよくわかんないんだけど………」

――お、おっぱいに………はさむ？

あのどれだけ揉んでも揉み足りないプリンプリンの柔肉の狭間にこのペニスを？

その行為がもたらすであろう快感を想像して悠斗は固まってしまった。

「やっぱり、やめとく？」

こちらの沈黙を別の意味に捉えたようで、煉華が小首を傾げた。

「してしてシテシテ！」

思わず連呼していた。

そのあまりの必死さに、お嬢さまが目を丸くする。

「そ、それじゃあ……」

改めて煉華が身を乗り出してきた。胸の谷間が露わなドレスを着たまま、自分の唾液で濡れ光っている肉棒をその狭間に導く。そしてたっぷりと実った胸肉を、両手で脇から掬うように谷間方向に寄せあわせる――むにゅん。

「はくぅ～」

ペニス全面に押しかかった初めての感触に思わず愉悦の声が漏れた。蕩けそうなほど柔らかい。それでいて中に詰まった牝肉は、ねっちりとした弾力に溢れていている。

「それじゃあ、う、動くからね」

胸奉仕の大まかなやり方まで、のどかに教えられているらしい。

床に両膝をつけたまま慎重に上半身を上下させ始める。無論、両手は脇から巨乳をグッと寄せあわせ続けたままだ。

ずにゅん、ずにゅずにゅ、むにゅむにゅにゅ。

フェラチオでたっぷりと塗り込まれた唾液が潤滑油となって、きめ細かな乳肌にペニスがねっちりとしごき上げられる。

「ああっ、す、凄いよぉ……ふあぁぁ、煉華ちゃんのおっぱいすっごく気持ちいい～」

見下ろせば己の股間を白い乳肉が覆い尽くし、それがタプタプと官能的に揺れていた。

巨大な牝肉の塊に、小さな牡の象徴が全て包み込まれてしまっている。

「そんなに気持ちいいんだ……。悠斗のアレがおっぱいの中でガチガチになってる」

他人に奉仕など滅多にしたことがないであろうお嬢さまが、額にうっすらと汗を浮かせながら懸命に胸を揺すり立ててくる。乳房の谷間で感じているペニスの反応や、思わず漏れてしまうこちらの喘ぎ声に刺激されてか、さらにその熱心さが増していく。

すると太腿の内側に微かにコリッとした硬さを感じ始めた。

気になって視線を向けてみてすぐにその正体に気付く。

——ひ、ひょっとしてこのコリコリしてるのは……。

煉華の乳首がドレス越しでもわかるほど硬くなっているようだ。改めて幼馴染みを見てみると、軽くハアハアと息を乱していた。

パイズリ奉仕の動きだけで、ここまで息が上がったわけではないだろう。

極めて官能的な瞳の潤みがさらに増し、頬の桜色も濃くなっている。

「ああっ。なんだか、い、今の煉華ちゃん……メチャクチャ色っぽいよぉ」

「……と、突然、何を言いだすのよバカ」

それまで一心に胸を揺すり立ててきた煉華が、恥ずかしそうに顔を伏せる。

——や、やっぱり……なんだかいつもと雰囲気が違う……。

彼女が自ら進んで奉仕行為をしているためだろうか。今見せた仕草や口調の端々などは、いつものようにツンとしているところもあるのだが、表情がどこか大人しい。

女の子らしい控えめさが覗《うかが》える。

それは前回の、発情した猫の暗示をかけられていたときとも少し種類が違う。彼女本来の素顔というべきか、やはり昔の面影が垣間見えるのだ。

もっとしっかりと今の煉華を——繕っていない本当の煉華を見ていたい。

悠斗は無意識に片手を伸ばし、俯いた幼馴染みの顎をソッと掴んでいた。

そのままクイッとこちらを向かせる。

それはいつもの彼女なら激怒しかねない行為。しかしパイズリ奉仕に励むお嬢さまは、されるがままその赤い顔をこちらに向けている。

「煉華ちゃん」

「悠斗ぉ……」

二人は牡牝の肉体的シンボルでねちっこく交わったまま、唇を重ねた。

最初は軽く触れあわせるだけのキス。

しかし一拍置いて再度重ねあわせたときは、お互いに顔を斜めに傾けて唇同士を深く嵌めあわせた。煉華のぷりんと瑞々しい唇が、悠斗の唇によって大きく歪む。

舌もそれとほぼ同時に求めあった。

自分の唾液を相手の唾液と練りあわせるように絡めあう。

味覚器官の動きは煉華のほうが興奮気味で、悠斗はそれに動きを合わせた。

「んんっ……んっ……んちゅん……んんんっ……」

ヌルヌルと舌をねぶりあうたびに、痺れるような愉悦が走る。

それは相手も同じようで、さらに敏感にヒクンヒクンと身体を震わせた。己の胸を掴んでいる両手にキュッと力が籠り、さらに強烈にペニスを挟み込まれる。もともとピチピチに張り詰めている乳肌がさらに張り詰め、その大きな乳房の全質量が中に埋まっている小振りなペニスに一点集中した。

「っふぁ⁉」

強烈すぎる柔肉の圧迫感に悠斗は鋭く喘ぐ。

小さく開いた口元からは、一瞬前まで貪るようなディープキスに没頭していた舌が僅かに露出する。煉華の舌との間に唾液の糸が切れずに結ばれたままなのが、そのディープキスの濃密さを物語っている。

「い、いくっ、も、もうイッちゃいそう！」

「いいわよイッて。私のおっぱいで、好きなだけイッちゃいなさい」

「……ホ、ホントにいいの？」

腰の奥に、もう引き返せない官能の昂りが発生している。

「このままおっぱいの中でイッちゃっても、赤ちゃんできないんだよ？」

「ああんもうっ！　そんなこともう気にしなくっていいってさっきも言ったでしょ！」

限界ギリギリで切羽詰まっている悠斗に対し、煉華の美貌には明らかに奉仕する悦びが浮かんでいる。それはパイズリ行為の熱心さに如実に表れていた。

「あんたのその情けないぐらい気持ちよさそうな顔を見てたら、おっぱいでシテあげるのを今さら止められないわよぉぉっ！」

今では両手でギュッと己の乳房を挟み込んだまま、上半身ごとダイナミックに上下させ激しくペニスを扱いてくる。

「ああっ、あああっ、ああああああぁ！」

その動きの熱烈さに比例して、悠斗の喘ぎ声も甲高くなっていく。

そんなこちらの様子をうっとり見つめていた煉華の瞳が、感極まったように細まった。

「ああんっ、悠斗ぉっ」

「──っんぐっ⁉」

お嬢さまがペニスを胸で挟んだまま首を伸ばすようにして、喘ぎ声ごと再び悠斗の唇を塞いでしまう。踊り込んできた舌がこちらの舌を搦《から》め捕《と》り、己の口内に引きずり込む。さらに頬を僅かに凹ませて、呑み込んだ舌をむちゅぅぅぅッと強く吸ってきた。

味覚器官の密着度合いがただ絡めあうだけとは違うレベルに跳ね上がる。口腔粘膜が一つに溶けあうような快感に、迸る愉悦の質と量も倍増だ。

明らかに煉華が奉仕に興奮していた。悠斗のペニスをがっちりと挟んで離さない両乳房を夢中で揺する動きにもそれは表れている。

──イクっ！　も、もうイッちゃいそう！

強く吸われながらピチピチと絡めあわせていた舌が、全身が息むと同時にビクリと硬直する。ふぐっ、と煉華の口内に向かい愉悦の呻き声を迸らせたその直後——。

どぴゅン！

ペニス全面を押し包む柔肉の圧迫感によってさらに細められた尿道の中を、灼熱の粘液が一気に駆け抜けていく。

ドプどぴュッ、どりゅドプぷぷンっ！

悠斗はギュッと挟まれ続けている胸の谷間で、思う存分牡欲を吐き出し続けた。

しかし煉華の巨乳に包まれているために、ザーメンが飛び散るようなことはない。傍目には、悠斗がいきなり全身をビクつかせているようにしか見えなかったはずだ。

「んんっ⁉　っ……んんっ……んっ……んんん……」

しかし無論、煉華は自分の胸の深い谷間の奥底に吐き出されるザーメンの熱さで、こちらの絶頂を悟ったようだ。激しかった舌の動きが穏やかなものに変わる。

少年の脈動は長く続いた。その間ねっとりとしたディープキスを楽しみながら、柔らかな乳肉の狭間で欲情を吐き出す快感を存分に味わう。

悠斗のビクつきが完全に止まると、そこで初めて煉華が顔を離した。改めて見下ろす豊かな胸の谷間には、その中に留まりきらなかったザーメンが溢れ出ていた。

「気持ちよかった？」

「うん」

素直に頷くと、煉華がとても嬉しそうに微笑んだ。

悠斗はその笑顔を見て確信する。彼女は本来、人に奉仕されるよりもするほうが好きな性分に違いない。

そんな幼馴染みはこちらの満ち足りた表情を見てから、挟みっぱなしだったペニスを、やっと胸の谷間から解放する。

「ふぁっ」

ずっと心地よすぎる柔肉に包まれていただけに、イッた直後で敏感なペニスが外気に触れただけで甘い吐息が漏れてしまった。

パイズリ行為から解放されたのは彼女の胸も同様だ。

一際重たげにブルンと揺れながら、寄せられ続けていた柔肉の塊が元の形に戻る。

白い乳肌の内側がスレてほんのりと赤くなっているのが、献身的だった乳奉仕の濃密さを如実に物語っている。周りにべっとりとへばりついている白濁液の多さもその証拠だ。

「ほら。綺麗にしてあげるから、ジッとしてなさい」

対して煉華は自分の胸の汚れなど気にしたふうもなく、こちらの股間に顔を寄せてきた。躊躇なく再びペニスを口にしてくれる。鈴口の白い汚れを舐め取り、尿道に残っていたザーメンまでも啜り飲んでくれた。

こんなこと、ただ好きなだけではできないはずだ。

それはまるで赤子のお漏らしを、嫌な顔一つせず綺麗にする母親のようだった。

結婚を阻止するために妊娠という手段を選んだことといい、普段の言動からは想像できないが、煉華は極めて母性の強い女の子なのかもしれない。

——おっぱいも、こんなにでっかいしな……。

彼女の秘めた本質が溢れ出て、これほど見事に育った気がしてくる。

しかし、そんな慈愛に溢れた行為をされても、こちらは若い男の子。どんな些細なことでもエロティックに感じてしまうお年頃である。

「れ、煉華ちゃん……そ、そんなに丹念にされちゃうと……っくふぁぁ」

丁寧な舌使いに、果てたばかりのペニスがすぐに力を回復させる。

「もう……本当にエッチなんだから……」

そう囁く煉華の声も、いつものツンツンした厳しさはなくとても甘い。

「やっぱり……煉華ちゃんとシタい」

「……うん」

煉華はコクッと頷くと、胸の汚れをハンカチで一通り綺麗にしてから、純白のドレスに手をかけた。

「ああっ！　ぬ、脱がないで！」

「えっ？」

「そ、そのまま……ウエディングドレス姿の煉華ちゃんとシタい」

「……もう、ばか」

煉華は悪戯っ子を叱るお母さんのような顔をしたが、ドレスからは手を引いてくれた。

そして恥ずかしそうに手をスカートの中に入れて、パンティのみを脱ぐ。

「それじゃあ、悠斗はそのままベッドに横になって」

言われるまま背中をベッドに倒すと、煉華はドレスの裾を両手で掴み、こちらの腰を跨いできた。

「今日だけは……全部、私がシテあげたいの」

彼女がボソッと呟いたその一言を聞いただけで、まだ半勃ちだったペニスが、びびーん、と真上を向いた。

対して煉華はそそり立つ男根を片手でソッと掴み、自らの入り口に差し向ける。

――あ、相変わらずギャップが凄い……。

彼女の茂みはロストバージンしても股間の根元にサラッと生えているだけで、見た目はとても幼い。対して真下から見る胸の盛り上がりは、大人顔負けの大迫力だ。先ほどあの深い谷間でこってりと挟まれていたのだと思うとますます艶めかしく見えてしまう。

「た、確か……この辺りよね――っふぁんッッ」

自分の大きすぎるバストが邪魔で手さぐりで結合させようとしてい煉華が、入り口に肉先が接触すると同時に鋭い吐息を漏らした。

初体験のときから感じやすい体質だったが、自分と何度も身体を重ねることにより、ますますその感度に磨きがかかったような気がする。

いまだ縦筋一本のヴァギナだが、すでに割れ目から蜜が滴るほど濡れていた。

ずぷっ――。

「……んくっ――っあぁあぁぁぁぁ」

煉華がゆっくりと腰を落とし始め、糸を引くような喘ぎ声と共に結合を深めていく。

入り口の引き締まりは初体験のとき以来ずっと強烈なのに、中の膣襞はセックスに熟《こな》れて、滑らかに男根に絡みついてくる。

――全然前戯してないのに、もう奥のほうまでヌルヌルのトロトロになってるよぉ。

このメリハリの効いたナイスバディが、自分の身体に馴染んできているようで無償に興奮してしまう。

『んっはあぁぁあぁっ』

男根が根元まで埋められ互いの腰が密着すると、二人は同時に甘い溜め息を漏らした。

悠斗がうっとりと煉華を見上げると、少し伏せ気味にしていた瞼を上げて彼女もこちらに視線を向けてきた。

性器で結合したまま、一瞬、見つめあうとどちらともなくはにかんだ。

普段のツンツンしている彼女なら、絶対に見せない表情だ。

なのに違和感を感じない。

何故だろう。煉華を抱けば抱くほど、身体の一体感だけではなく気持ちの一体感までも感じるようになってくる。

悠斗が無言でこくっと顎を引くと、煉華も視線で頷いてその瞳をソッと閉じた。

そして――くちゅん、むちゅくちゅ、ぬちゅ、くちゅむちゅ。

ゆっくりと腰の上下運動を開始する。

ヴァギナの中は相変わらず無数の唇が群れているような構造で、いくつもの唇に連続して咥えられていくような快感が弾け続ける。

――わわわっ。でもこれ、なんだかいつもと違って……くふぅぅ……。

ここまで何度も彼女を抱いてきたが、腰を動かすのは男である自分の役目だった。しかし、この騎上位セックスだと動くのは上にいる煉華の役目となる。自分の意思とは違う微妙に予測できない相手の動きで、新鮮な愉悦がペニスの周りで巻き起こる。

新鮮なのはそれだけではない。

――お、おっぱいが……煉華ちゃんのおっぱいがいつも以上に凄い迫力だよぉ。

ドレスを着たままでも胸の谷間が出ているデザインだけに、下から見上げるという構図だとたまらない存在感だ。窓から差し込む光によって乳房の丸い陰影がくっきりと浮かび、その強烈な立体感を実感させる。加えて、タプッタプッと小気味よく弾む牝肉の重量感も、横になって行う正常位とは一味違う。

思わず手が伸びて、気付いたときにはウエディングドレスの胸元だけを大きく左右に開いていた。

「もう悠斗ったらぁ。さっきは自分で脱ぐなって言ったくせに――んはあぁっ！」

まろび出たバストをすぐさま両手で鷲掴む。

乳房の大半を形成しているのはとても柔らかな牝の脂肪層。にもかかわらず掌にズシッとした重みを感じる。対して桜色の頂点はガチガチに硬くなっていて、巨大な柔肉の塊の中、強烈な存在感を示している。

「そ、そんなふうに乳首ばっかりっ……んふぁ、コリコリしちゃだめぇ」

親指と人差し指で塩を振るようにニップルを擦り続けていたら、花嫁の上半身がカクンと前に倒れてきた。両手をこちらの顔の横につく前傾姿勢だ。

「ふわわ……ふわぁー」

――おっぱいがぁ……おっぱいがぁ～。

煉華はその状態でも、しっかりと腰の上下を続けている。

対して悠斗は目の前に現れた光景にただただ見入っていた。

上半身を斜めに倒すと、先ほど以上の迫力でバストが大きく弾む。

悠斗の薄い胸と彼女の上半身で作られた狭い空間を、圧倒的な質量の二つの乳房がダイナミックに揺れて占拠することとなった。

「はあんっ。……こ、これ……こんどは中でっッッ、コリコリって——んふぁあぁっ！」

最初は単調な上下運動だったお嬢さまの腰つきが、だんだんと前後に緩急をつけたものへと変わっていく。まるでヘソの内側に我慢できない痒みでもあるように、ペニスのカリをそこに何度も擦りつけ始める。

クイックイッと腰を突き出すような動きは卑猥極まりない。彼女もその自覚があるのか恥ずかしそうに下唇を噛み、頬を官能とは別の赤みに染めているようだ。

「煉華ちゃん、そ、そんなにソコが気持ちいいの？」

思わずそう口走った直後に後悔する。

こんなことを煉華に聞いたら絶対に怒られる。しかもこの体位は俗に言うマウントポジションだ。彼女の赤毛が怒りで逆立てば、そのままボッコボコにされかねない。

しかし——。

「……うん」

煉華はさらに頬の赤みを深め、普段は鋭い眼光を官能で甘く潤めて恥ずかしそうに、と頷いた。

やはりいつもとテンションが違う。

直後、彼女の中で何かのスイッチでも入ったように、ビクンと女体が大きく一度痙攣し、

「あああんっ！」と甲高い喘ぎ声を迸らせた。

「き、気持ちいい――んはぁ！　ゆ、悠斗の……お、オチンチン……おヘソの裏側にごりごりしてッッ……気持ちいいのぉぉっ！」

あからさまに愉悦を叫び、さらに貪婪に腰を振ってきた。

動きが加速すると、徐々に乳房の揺れと動きにズレが生じ始める。何しろ煉華のバストは華奢な体格に対して大きすぎる。しかも桁外れに柔らかく、何より重い。

だぷだぷだぷだぷだぷッ！

身体の動きから一拍遅れて胸が弾む。同じバストの部位でもさらに頂点の桜色が最も大きく上下する。慣性の法則などさまざまな力学的作用の結果、悠斗の目の前で展開される乳房の動きはただただ牡の獣欲を刺激するものとなった。

――エロい！　今の煉華ちゃんはエロすぎる！

むしろ、このような光景に対して興奮するように、男の本能は進化してきたに違いない。

豊かな乳房は女性が成人している証。

くびれたウエストは妊娠していない証。

しっかりと発達した下半身は出産に耐えられる証。

ボン、キュッ、プリンと強烈なＳ字カーブを描く煉華の女体は、牡が己の遺伝子を注ぎ込む性交相手として申し分ないということだ。胸以外は小柄な体格が子宮までの短い距離——種付けの容易さまでも感じさせ、ますます牡の本能に訴えかけてくる。

——何しろこのおっぱいなら、ミルクもたっぷり出るだろうしなぁ。

片手を伸ばし、豊かな乳房の一つを再び鷲掴む。そしてもう片手は彼女のウエストラインを撫で回した。この巨大なバストを実らせているとは思えないくびれた腰。これでドレスの下にコルセットをしていないのだから、プロポーションのキレが凄すぎる。

オーダーメイドされたであろうウエディングドレスは、まさにこの世に二つとないであろう女体にジャストフィットしていた。それだけに腰回りから腹筋にかけてが官能的にビクビクと痙攣しているのが、服越しでもはっきりと実感できる。

「はああんっ……い、いいよ悠斗っ、き、気持ちいい……ゆ、悠斗ぉ、ゆうとぉおっ」

セックスのボルテージが上がっていくのと比例して、煉華の声がさらに甘く蕩けていく。自分のことをいつもはツンと澄ました顔で下僕扱いするお嬢さまが、媚びるような甘い喘ぎ声を上げ続けている。そのギャップを楽しむのが煉華とエッチをする醍醐味の一つなのだが、今はなおさらその傾向が強い。

そして女体の反応も、いつも以上に甘々だ。

バストを激しく揉みしだくと、膣襞たちがお返しとばかりにペニスをもみくちゃに舐めしゃぶってくる。亀頭にねっとりとまとわりついてくる愛液もその濃度をさらに増して、性器同士の交わる音がグチョグチョとさらに湿ったものになる。

「こ、こしが、と、止まらない……んはぁ……か、勝手にエッチに動いちゃうぅっ」

煉華は両手を開き気味にしてベッドを掴み、上半身を前に倒したまま、小振りなお尻を跳ねるように躍らせ始めた。それに合わせてウエディングドレスの全身に施されている無数のフリルが、フワッフワッと靡く。

目の前では相変わらず煉華のビッグバストがまるでこちらを挑発するように揺れている。それでいて桜色の頂点は、小さな突起が精いっぱい勃起していても乳暈まで含めて僅か一口サイズしかない。

——ひ、ひとくちさいず……。

「れ、煉華ちゃん。もう少し……前屈みになって」

「んんっ……っふぁ……こ、こう——きゃふあぁぁん！」

悠斗は目の前に差し出されたその小さな桜色のエリアに吸いついた。

思った通りの一口サイズで、たいして大口を開けているわけでもないのに、すっぽりと口の中に収まってしまう。

しかしほんの小さな突起でも感度のよさは抜群だ。

コリコリにしこった乳首に舌を絡めると、肉棒の根元を包んでいるヴァギナの入り口がそれに合わせてキュンと収縮する。

悠斗はフンフンと鼻で息をしながら強く乳首を吸い上げた。

「っくふあんっ！」

マイペースで腰を躍らせていた煉華が鋭く喘いで顎だけを仰け反らせる。燃えるような赤毛が宙を舞うその艶めかしいリアクションに、悠斗の興奮にも火がついた。

まずは咥えていないもう一つのバストも片手で揉み込む。

きめ細かな乳肌は中にたっぷりと詰まった牝脂でパンパンに張り詰め、どこまでもこちらの指を優しく受け止めてくれる。見る者を圧倒せずにはいられないルックスのくせに、実際に触れてみれば慈愛すら感じさせる優しい柔らかさだ。

まるで煉華の本質を象徴しているようなバストである。

五本指をいっぱいに開いてその柔肉の塊を鷲掴み、続けざまに掌で押し上げるように揉みまくる。指の間から溢れ出る乳肉はさらに張り詰め、極上の弾力で掌を押し返してきた。絹より触り心地がいい滑らかな乳肌が指に吸いつき、手放すことができそうにない。

掌でコリコリしている小さな乳首と、若い乳肌をパンパンに張り詰めさせている柔肉の真逆の感触を心ゆくまで堪能する。

女体の感度も相変わらず良好だ。こちらの指の動きに合わせて溝の深い膣襞たちがヌルヌルとペニスを絞り込んでくる。彼女の最深部に包まれた亀頭は湧き続ける熱い愛液にたっぷりと浸かり、今では肉の芯から蕩けそうだ。

「も、もう……本当に……悠斗ってば……おっぱいが好きなんだからぁ」

憎まれ口を叩きながらも、自分の胸に吸いつき夢中で揉みしだいているこちらの頭を、煉華は優しく撫でてくれた。

──ただのおっぱい好きなんじゃなくなって、煉華ちゃんのおっぱいが大好きなんだ！

その優しい手つきも悠斗が乳首をちゅぅぅぅっと強く吸うと、ビクンと震える。頭髪をすいていた指の動きが止まり、悩ましげな震えとともに少年の頭を握り締めてくる。

「か、感じるのぉ……そ、そこすっごく──くふぁンっ！　っくあはあぁンっ！」

唇でニップル全てを吸いながら小さな突起に舌を絡ませると、明らかに煉華の喘ぎ声が甲高くなる。中でも特に感じるのは、舌先でレロレロと乳首を執拗に弾いてから、ねっとり乳暈ごと舌で包み込むねぶり方だった。

「ッッ～～あァアンっ！　そ、そんなに強くソコだけチューチューしちゃだめぇっ！」

だめと言われて止められるような状況ではない。

さらに強く乳首を吸うと、まるで胸から何かが迫り上がってくるような喘ぎ声をお嬢さまは迸らせた。これではますます責めが止まらなくなってしまう。

──だってぇっ！　だってえぇぇぇっ！

ひょっとしたらこのバストが、自分以外の男のモノになっていたかもしれないのだ。

そう思うといてもたってもいられない。

夢中で舐めた。吸いもした。白い乳肌に点々とキスマークを刻んでいく。

これは自分のモノなのだと、悠斗のような気性の優しい少年の独占欲すら刺激してしまう、それは魅惑の女体だった。

「れ、煉華ちゃんはもう僕のお嫁さんなんだからね！　だ、だからっ、このおっぱいをチューチューしていいのは、僕と僕たちの赤ちゃんだけなんだからね！」

「……も、もう……っくふぁん！　な、何、突然恥ずかしいこと言い始めるのよ」

幼馴染みが恥ずかしそうに頬を染めて顔を伏せる。

対して悠斗は性的興奮と、先ほど頭を掠めた不安がごちゃまぜになって、気持ちも身体も極限まで昂っていた。子宮孔にズンズンと届いている肉先には、すでに猛烈な疼きが発生している。煉華相手に童貞喪失してから、何度も体感している中出し絶頂の前触れだ。

もういつイッてもおかしくない。

ただ、この激情を吐き出す前に、相手の気持ちを改めてちゃんと確かめたい。

「ダメっ！　顔を逸らさないで！　僕の目を見ながら、このおっぱいは他の誰にも触らせないって宣言して！」

「ッッ～～～っっ！」

普段、滅多に何かを強要しない少年の念押しに、お嬢さまの顔が真っ赤になる。

悠斗は片手で執拗に乳房を揉みしだきながら、射精寸前の獣欲をギリギリ抑え、ジッと己の花嫁を見つめ続けた。

「……っんくぅ……わ、わたしのおっぱいは……ゆ、悠斗のモノ……よ——ッッッ！　あぁんっ！　だ、だから誰にも触らせないのぉおっ！　っくふあぁぁん！」

セリフの途中から再び何かのスイッチが入ったように、女体のビクつき具合が半端なくなる。叫ぶ声も感極まったように震えだした。

「おっぱいだけじゃないわよぉっ！　わ、わたしの……わたしの身体は全部悠斗のモノなんだからぁぁ！　他の男になんてっ、絶対汚《けが》させないんだからあぁあぁっ！」

激しく腰を上下させながら、煉華が赤毛を振り乱して絶叫する。

「い、今までのことだって、他の男と結婚しないためだけじゃないのっ！　わ、わたし悠斗の赤ちゃんが欲しかったの！　悠斗にっっ、悠斗にだけいっぱいいっぱい種付けして欲しかったのよぉおおおぉぉおっ！」

ここにきての煉華の告白に、少年の抑えも決壊する。掴みっぱなしだった豊かな乳房から手を離し、下から彼女のくびれたウエストをがっちりと両手で掴んだ。そして——。

「す、好きっ！　僕も好きッッ！　煉華ちゃんのことが大好きだぁっ！」

自覚したばかりの己の想いを改めて絶叫しながら、激しく腰を突き上げる。そのたびに最高潮に達した肉悦の花火がペニスの到るところで弾け続けた。

「っんはあぁぁぁ！　わ、わたしもぉ――わたしも悠斗のことがあぁッッ～～！」

それまで前傾姿勢で自ら腰を躍らせていた煉華が大きく仰け反り絶叫する。

「だいすきだよおぉおぉぉぉぉっっ！」

悠斗の全身に悦びの稲妻が駆け巡る。まともな理性はその灼熱感で真っ白に灼き切れ、少年の意識は惚れた女を求める本能だけとなる。

「ああっ、煉華っ！　煉華ッッ！　れんかあぁぁぁぁっ！」

「ゆうとっ！　悠斗おぉぉっ！　ゆうとおぉぉおおぉぉっっ！」

少年はブリッジでもするように、己の腰が高く浮くほど煉華を突き上げた。彼女を求める渾身の一突きにより、亀頭の一番太いところまでぐっぷりと子宮孔に嵌り込む。

『あぁあぁあぁあああああぁあぁぁぁっ！』

二人の生殖器官が直結したその瞬間、喘ぎ声までシンクロした。

直後、限界まで膨張したペニスの中を、生命の原液が凄まじい肉悦を撒き散らしながら駆け抜けていく。

ドリュんっっ！　どぎゅどぷっっン！　ドギュどりゅどぷんンっ！

好きになった女の子に、大好きと言われながら射精する。

ウエディングドレス姿の花嫁に、己の遺伝子を思う存分注ぎ込む。

肉先をねじ込んだ子宮孔から、直接子宮に種付けする。

これ以上ない膣内射精のシチュエーションに、悠斗は「ああっ、ああっ」と呻きながら激しく脈動し続けた。

政略結婚を阻止するためという大義名分などなく、純粋に惚れた女を求める情熱が、灼熱の激流となって次から次へと迸っていく。

「でてるううっ！　悠斗の熱いのがいっぱいでてるぅぅうぅぅぅっ！」

花嫁のイキっぷりも凄まじかった。

息む両手で掴んだ細いウエストが、こちらの脈動に合わせてビクビクビクっとまるでお腹の中で爆竹でも弾けているように痙攣している。その官能の爆発は彼女の全身にまで及び、背を弓反り前に突き出すようにしている両乳房までもプルプルと小刻みに震わせた。

「っ……くふぁ……っくふぁぁ……」

悠斗は長い射精を終えると、突き上げていた腰をトスンとベッドに落とした。そのため蜜壺深く食い込んでいた肉先が、浮かせていた腰の分だけズルンと引き戻される。

結果、煉華の身体はその一拍の後に落ちてきて、再びズンと深くペニスが突き刺さる。

ビクンっ！　びくひくくン。ひくひくひく……。

女体が最後に大きく官能の痙攣をする。そして、ゆっくりと震えを収め最後に糸の切れた人形にようにカクンとこちらに倒れてきた。

「あはぁん……ゆ、ゆうとぉ……」

「れんかちゃぁん……」

二人はうっとりと見つめあうと、どちらからともなく唇を重ねた。

激しかったセックスの余韻を最後まで二人で味わうために、優しく舌を絡めあう。

お互いの身体から官能のひくつきが完全に消えるまでそれは続いた。

「ねえ、煉華ちゃん。――早く僕たちの赤ちゃん、欲しいね」

それは彼女の結婚を阻止するためではなく、この幸せを分かちあう家族を増やすため。

煉華は一瞬、瞳を丸くしたが、すぐにその意を察したようで顔を綻ばせる。

かつてまだ子供の作り方を知らなかった幼い頃、二人はここで見つめあい、ただただ笑いあっていた。

その二人が同じ場所で結ばれて、今また笑顔で見つめあっている。

「命令よ」

煉華が幸せいっぱいの顔で口を開いた。

「さっさと私を孕ませなさい♥」

終章　一つ屋根の下

「ふわぁ……」

悠斗は思わず感嘆の溜め息をついた。

全裸になった今の煉華は神々しいまでに美しい。

場所は轟乃宮家の離れ――煉華と悠斗にあてがわれた一室である。

もともと豊かな胸はさらに丸々と実り、雪のように白かった柔肌には内側からジワッと滲み出す生命の輝き――照り光るような艶っぽさが加わっていた。

そして何より目を引くのは、見事なドーム状に膨れた腹部である。脂肪太りしたわけではないのは、まったく弛みなくパンと張り詰めている肌の張りで一目了然だ。

煉華は妊娠していた。

今はすでに安定期に入っていて、母子共に健康状態は良好である。

「それじゃあ、入れるよ」

対して悠斗も全裸になり、煉華の膨れた腹の前に両膝をついた。そしてコンドームをつけた勃起ペニスをその股間に差し向ける。

「ええ。いいわよ――んはぁ」

妊娠しても相変わらず濡れやすい煉華の股間は、すでに奥まで濡れきっていた。

煉華のお腹に負担をかけないように、悠斗は上半身を起こしたまま腰を突く。妊婦ならではのどっしりとした安定感のある女体とゆっくり交わり始めた。

——コレはコレで、かなりよかったりするんだよなぁ。

てっきり妊娠中のセックスは厳禁だと思っていたが、煉華の主治医の話によると決してそうではないそうだ。むしろ、ある程度性行為をしたほうが、妊婦の精神的にも肉体的にもよく、結果、子供の成長にもプラスになるという。ただ膣内射精だけは早産に繋がる可能性があるということで、必ずコンドームはつけていた。

「お腹、窮屈じゃない？」

悠斗の問いに煉華が素直にコクっと頷き「ああんっ」と甘い喘ぎ声を漏らす。

妊娠中のセックスは肉体的な繋がりだけではなく、互いのことを思いやる気持ちがさらに強く働くためか、独特の悦びを感じられる。

二人はゆっくりと交わりながら、互いの愛情をじっくりと確かめあっていた。すると、

「んにゃ〜〜お」

それまで部屋の隅で丸まり昼寝をしていた三毛猫が、むっくりと顔を上げこちらに視線を向けてきた。どうやら二人の睦みあう声で目を覚ましてしまったらしい。

その年老いた三毛猫はのっそりと起き上がると、大きく口を開けて欠伸《あくび》をし、尻尾の先

までうーんと気持ちよさそうに伸びをした。そして改めてこちらをチラリと見てから、前足でニャンニャンと毛繕いを始める。すぐに交わる人間二人に対する興味は失せたようで、彼女が脚を進めた先にはつい先日備えつけたばかりのキャットウォーク。それを身軽に駆け上がりアッという間に部屋を出ていってしまった。

身体を繋げたまま、その一部始終を見ていた悠斗と煉華は改めて顔を見合わせる。

「はははっ。お昼寝してたキララに悪いことしちゃったかな」

「あの子なりに、私たちに気を利かしてくれたのよ、きっと」

そう。今の年老いた牝猫こそ、幼い二人が隠れて飼っていた捨て猫——キララだった。

取り上げられた直後にてっきり『処分』されていたと思っていたが、煉華の祖母が本当に猫好きな知り合いに預けて育ててくれていたのだ。

彼女がキララを取り上げた一番の理由は、孫娘が自分の言いつけを破ったお仕置きのため。それに加えて幼い二人では、産まれたばかりの子猫の世話をしきれないと踏んだためでもあったという。だから頃合いを見て、煉華にキララを戻すつもりだったらしい。

しかしキララを取り上げたことをきっかけに、轟乃宮の娘らしく変わっていく孫娘を見て、その予定を大幅に変更したということだ。

だがそれも、煉華が立派に成長し一児の母になるということで、こうして十数年ぶりに再会することができたという次第である。

「何しろキララはもうお婆ちゃんだからね。私にとっては大先輩よ」

煉華は自身のお腹を撫でながら嬉しそうに微笑んだ。

二人と引き離されている間にキララも結婚し、子宝に恵まれ、今ではもう孫がいる。

悠斗も思わず笑みがこぼれた。こんなに幸せでいいのだろうか。

あの幼い日、『秘密基地』で生まれた三人家族が、今こうして一つ屋根の下に集まり、そして新たな家族を増やそうとしている。

——今でも、こーなれたのが信じられないなぁ。

あれから。すぐに轟乃宮の黒服たちに『秘密基地』は見つかってしまった。

悠斗は煉華と引き離され、まずは煉華の父親のもとに連れていかれた。

そして有無を言わさず、一発思いっきり殴られた。煉華絡みで今まで不運な鼻血を流し続けたが、このときの鼻血だけは納得の鼻血だった。

その後、てっきり煉華と二度と会えなくされるのかと思ったが、煉華の祖母——鉄子刀自の指示で二人は別れずに済んだ。それどころか、悠斗が今の学校を卒業したら轟乃宮家に婿として入るという条件で婚約まで成立してしまったのだ。

この婚約に関しては煉華の父親も一切反対はしなかった。

無論、轟乃宮家との縁談に悠斗の両親が否をとなえるはずもない。

何しろ不肖の息子が名家の一人娘と駆け落ち騒ぎを起こした直後である。親として、どんな非難でも受けようと覚悟を決めていたときにそんな申し出をされたら「どうぞ、どうぞ」と二つ返事で了解するのも当然だった。

ちなみに煉華の婚約者だった男には、隠し子がいることが発覚し、お互いに賠償無しでの婚約破棄が成立している。

そんなこんながあって、今に至っていた。

「ね、ねえ悠斗。んはあっ……こ、この前お祖母さまと……ど、どんな話をしたの？」

この幸せに辿り着いた経緯をしみじみと思い出しながら、スローセックスをしていたら煉華がいきなりそんなことを尋ねてきた。

彼女の言う通り、つい先日、鉄子刀自と二人だけで話をする機会が設けられたのだ。

一旦、腰の動きを止めて自分を見上げる青い瞳を見ていると、同じ青い瞳の老女との会話が蘇ってくる。

『婿殿。不束《ふつつか》な孫娘ですが、どうか煉華のことをよろしくお願いいたします』

鉄子刀自は開口一番、その頭を深々と下げてきた。

煉華と同じ赤髪がさらりと一筋ほつれるのを見て、悠斗は慌てて頭を上げてもらった。

そして改めて向かいあい、刀自の話を聞くことになる。

『轟乃宮が、元は製鉄で栄えた家だということは聞いていますか？』

まずそう問われて、悠斗は慎重に頷いた。

その話なら、以前チラッとだけ煉華から聞いたことがある。

こちらの頷きを確認した刀自は、一つ頷き返してから話を続けた。

『煉華の「煉」とは、鉄を熱して不純物を取り除き、より質のよいものにするという製鉄手法の一つから取った名です。そしてレンカという読みは、その煉する炎――煉火から取りました。あの子はその名前に恥じぬ娘に育ちました』

煉華の名前の由来については初耳だった。

ただそう説明されると、いかにも彼女らしい名前がつけられたものだと感心する。

しかし刀自は、ここからが話の本題だというようにジッとこちらを見つめてきた。

『鉱物を煉する日本の伝統的な手法をご存じですか？』

無論、悠斗はそこまで博学ではない。何しろ『煉』という字の意味も、今知ったばかりである。正直に首を左右に振った。

すると鉄子刀自はおもむろにニッコリと笑う。

『それは炉に鞴《ふいご》で風を送る「たたら吹き」と呼ばれる手法です』

『！』

――た、たたら……？　僕の苗字と同じ読み……だよね？

『婿殿。貴方と煉華は、もとより結ばれる運命だったのかもしれませんね。新たな「たたら」の息吹《いぶき》によって「煉」されて、この轟乃宮にどんな子が授けられるのか……。今から楽しみでなりません』

悠斗はゆっくりと煉華と交わりながら、ぽっこりと膨らんだ腹を優しく撫でた。

「ねえっ……んはぁ……お祖母さまと、ど、どんな話をしたのよぉ」

重ねて尋ねてくる妊婦に、近々若い父親となる少年は微笑んだ。

「産まれてくる赤ちゃんが楽しみですねぇ、って話だけだよ」

「んはぁ……も、もう。あ、あの……お祖母さまがそんな話をするためだけに、んはあぁっん！　っくふぁ……わざわざアンタと、ふ、ふたりだけで……んはぁ……あ、会うわけ、な、ないっ……あはあぁんんっ！　っ……んはぁ！　んはあぁあぁあぁ！」

激しいセックスは控えたほうがいいと言われているため、ゆっくりと腰をくねらせているのだが、妊婦になっても煉華の感度のよさは相変わらずだった。

「この子が生まれてからも、こうしていっぱいエッチしようね。そうしていっぱいいっぱい子供を作ろうね」

「ああんっ！　うんっ！　欲しいっ！　二人の赤ちゃんいっぱい欲しいっ！」

お腹がぽっこりと膨れているため、以前のように激しく身悶えるようなことはないが、その分頭の振りが激しい。煉華は「いっぱい赤ちゃん産みたい」と連呼しながら、顎を反らせ、ときには引きつけ、その見事な赤髪を炎が燃え上がるように振り乱し続けた。

それはまるで、たたら吹きにより、熱く激しく燃え上がる煉火のようだった。

作家&イラストレーター募集！

編集部では作家、イラストレーターを募集しております

プロ、アマ問いません。作家応募の方は原稿をFD、もしくはCDなどで送ってください。また、原稿をプリントアウトしたものと簡単なあらすじも送っていただくと助かります。イラストレーター応募の際には原稿のご返却はできませんので、コピーしたもの、もしくはMO、CDなどのメディアで送ってください。小説、イラストともにE-mailで送っていただいても結構です。なお、電話でのお問い合わせはご遠慮ください。採用の場合はこちらから連絡させていただきます。

E-mail：2d@microgroup.co.jp
〒104-0041　東京都中央区新富1-3-7ヨドコウビル
㈱キルタイムコミュニケーション
二次元ドリーム小説、イラスト投稿係

二次元ドリーム文庫
マスコットキャラクター
ふみこちゃん
イラスト：笹弘

ツンボテ
お嬢さま子作り計画

2010年1月18日　初版発行

著　者　筆祭競介
発行人　岡田英健
編　集　東　雄治
装　丁　キルタイムコミュニケーション制作部
印刷所　株式会社廣済堂
発　行　株式会社キルタイムコミュニケーション
〒104-0041　東京都中央区新富1-3-7ヨドコウビル
編集部　TEL03-3551-6147／FAX03-3551-6146
販売部　TEL03-3555-3431／FAX03-3551-1208

 ISBN978-4-86032-864-1 C0193